BRACCONIERI

I MISTERI DI GWEN LINDSTROM LIBRO 1

CONNIE L. BECKETT

Traduzione di
MARIA TERESA LEVANTE

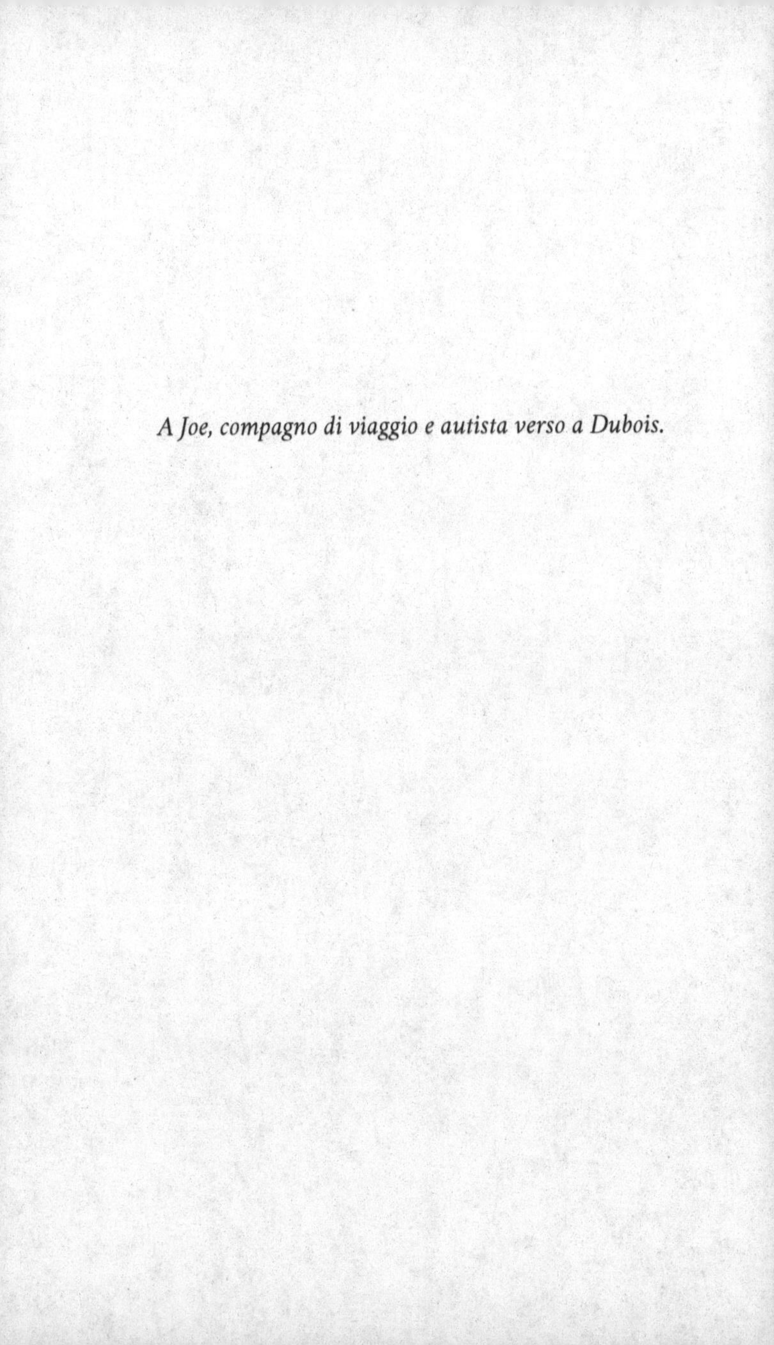

A Joe, compagno di viaggio e autista verso a Dubois.

RINGRAZIAMENTI

Grazie a tutti gli amici del gruppo di scrittura. Il vostro contributo è sempre prezioso. Un grande ringraziamento a Donna per aver fatto sì che le mie virgole andassero al posto giusto e che tutti i buchi della trama venissero riempiti. Mentre facevo ricerche nella zona di Dubois, sono stata al Wind River KOA con Joe. I consigli del personale sono stati molti utili e abbiamo apprezzato i loro suggerimenti riguardo ai luoghi storici e alle attrazioni della zona. Un sentito ringraziamento ai miei amici e alla mia famiglia per aver sostenuto la mia ossessione per la scrittura.

LACEY

"DOVE DIAVOLO È QUELLA RAGAZZA?" DOMANDÒ GWEN Lindstrom rivolgendosi a Mack, mentre girava l'insegna sulla finestra del ristorante dal lato dove diceva "chiuso" a quello dove diceva "aperto."

Il cielo, da scuro, aveva appena iniziato a schiarirsi, ma era talmente presto che l'alba non aveva ancora illuminato il leggero avvallamento in cui si trovava Dubois, nel Wyoming.

Mack alzò le spalle. "È la seconda volta questa settimana che è in ritardo, vero?" chiese a Gwen, attraverso l'apertura scavata nel muro del ristorante tra la zona pranzo e la cucina. Stava pulendo la griglia già immacolata, preparandola per la folla della colazione che sarebbe arrivata presto per la pancetta croccante, le uova al tegamino e i pancake soffici. "Continuo a pensare che tu debba farle fare un test antidroga. O potresti semplicemente licenziarla per il ritardo. L'hai fatto per cose meno importanti."

"Lo farei, ma la stagione turistica è iniziata, e in estate non si trovano molte cameriere in giro", spiegò Gwen, cercando in frigorifero le bottiglie di salsa piccante fatta in casa per cui il locale era famoso.

La ragazza di cui parlavano era Lacey Stevens, ma

non era proprio una ragazzina, visto che aveva vent'anni. Era arrivata un mese prima in cerca di lavoro e Gwen si era intenerita. Era una cosina magra, più bassa del metro e mezzo di Gwen, e sembrava che fosse passato molto tempo dall'ultima volta che aveva fatto un pasto decente. Eppure il suo aspetto era pulito e curato, e i suoi lunghi capelli scuri erano tirati indietro in una coda ordinata. E Gwen era a corto di personale, visto che Michelle era in maternità e molto probabilmente non sarebbe tornata.

Gwen aveva detto a Lacey: "Ho un posto libero nel turno del mattino. Apriamo alle 6:00. Ciò significa che devi essere qui e pronta a partire prima delle 5:45. Capito?"

Lacey aveva fatto un cenno di assenso.

Gwen aveva continuato: "I tuoi capelli stanno bene tirati indietro così e credo che per il viola non ci saranno problemi." Sembrava che la metà inferiore dei capelli scuri della ragazza fosse stata immersa nella tintura viola. Su Lacey il look funzionava. Inoltre, che diritto aveva lei di protestare per i capelli? Gwen si toccò il lobo dell'orecchio che aveva una fila di orecchini che risaliva fino all'estremità opposta. Non avrebbe negato alla ragazza il viola. "Ma", continuò Gwen, "quello dovrai coprirlo." Indicò la parte tatuata sul braccio sinistro di Lacey, che partiva da poco sopra il polso e scompariva sotto la manica arrotolata del suo maglione largo.

"Posso indossare una camicia a maniche lunghe", le aveva detto Lacey, e a quel punto Gwen l'aveva assunta.

Per tre settimane, Lacey era arrivata prima dell'orario stabilito e pronta a lavorare. Era indubbiamente una gran lavoratrice, anche se i suoi modi nervosi e il fatto che fosse sempre ansiosa, in movimento e agitata erano in contrasto con le maniere caute e ponderate di Michelle. E si distraeva facilmente, la ragazza. Quando un camion entrava rombando nel parcheggio, Lacey, pur nel bel mezzo di un'ordinazione, guardava fuori dalla finestra finché l'autista non spegneva il motore.

In quel momento la porta si aprì e Lacey si precipitò dentro.

"Scusa scusa", disse a Gwen sfrecciandole accanto diretta nella stanza sul retro a prendere un grembiule.

Lacey scomparve prima che Gwen potesse aprire bocca, lasciando la porta della stanza sul retro a oscillare dietro di lei.

Mack alzò due dita, come per dire a Gwen "due volte in una settimana."

La prima volta che era arrivata in ritardo, Lacey si era presentata con un occhio nero, il trucco che aveva applicato non era riuscito a nascondere il livido. Gwen le aveva ricordato che sarebbe dovuta arrivare prima delle 5:45 ma, vedendo il danno, non aveva avuto il coraggio di rimproverarla.

"Mi dispiace tanto. So che questa è la seconda volta, ma prometto che non succederà più", disse a Gwen dopo essere tornata, allacciandosi il grembiule nero con *Ranchers' Café* stampato in rosso sul petto.

Il livido intorno all'occhio aveva assunto quella vomitevole tonalità verde-giallo tipica dei lividi dopo qualche giorno dalla loro comparsa. Quella mattina l'attenzione di Gwen fu catturata dalle ombre scure sotto entrambi gli occhi di Lacey. Non erano lividi, ma sicuramente erano la prova che non aveva dormito molto. Gwen si chiese se avesse fatto festa fino a tardi o se il fidanzato, che molto probabilmente l'aveva picchiata, fosse anche il responsabile della notte insonne.

Il loro primo cliente si fermò nel parcheggio, con i fari che illuminavano l'interno del ristorante.

"Ne parleremo più tardi, Lacey. Adesso abbiamo del lavoro da sbrigare."

Davanti alla tregua Gwen vide le spalle di Lacey rilassarsi mentre un secondo cliente entrava nel parcheggio.

L'ora di punta, per la colazione, cadeva tra le 6 e le 9 del mattino. Lacey era ancora più agitata e nervosa del solito, mentre serviva i dipendenti del ranch e della fattoria che si alzavano presto per lavorare, e poi gli impiegati e i venditori che entravano per un boccone prima dell'inizio della giornata lavorativa. Ogni volta che qualcuno entrava nel parcheggio o apriva la cigolante porta a vetri, la testa di Lacey scattava verso il rumore, con una strana espressione sul viso. Gwen non riusciva a decifrare lo sguardo. Si chiedeva se fosse paura, terrore o attesa.

Sulla nuca, Gwen, sentiva un formicolio inquietante, come se Lacey l'avesse osservata tutta la mattina alla stregua di un cane che ha danneggiato il tappeto e sa che la punizione è imminente.

Alle 10:30, essendo rimasta una sola coppia al tavolo, e non riuscendo più a sopportare la situazione, Gwen versò due tazze di caffè e fece cenno a Lacey di raggiungerla a un tavolo vuoto.

"Anche stamattina eri in ritardo", disse Gwen, non appena Lacey si sedette. "Mi puoi dire perché?" Aveva sempre creduto che l'approccio diretto fosse quello migliore. Non dava il tempo di formulare una bugia.

La mano di Lacey tremò mentre metteva lo zucchero nel caffè. Posò rapidamente il contenitore sul tavolo e si infilò le mani sotto le cosce.

Gwen aveva preso due set di posate arrotolate nei tovaglioli prima di sedersi. Ora ne srotolò uno, ne estrasse un cucchiaio e lo posò sul tovagliolo accanto alla tazza di Lacey. Quando rialzò lo sguardo, Gwen vide che all'angolo dell'occhio livido le si era formata una lacrima. Sorpresa, Gwen fece un respiro profondo e ricominciò, questa volta con voce più dolce.

"Non sono arrabbiata", continuò Gwen. "Sembra solo che tu sia turbata per qualche motivo. Siamo solo io e te a fare il turno del primo mattino e se non ti presenti, sono fregata. Specialmente ora che è primavera e abbiamo turisti in arrivo. Ho bisogno di sapere cosa sta succedendo."

Lentamente, con gli occhi fissi sulla tazza, Lacey prese il cucchiaio e mescolò il caffè zuccherato. Gwen non l'aveva mai vista così ferma, quasi immobile. Se Lacey faceva davvero uso di droghe, come sospettava Mack, sarebbe riuscita a passare dall'agitazione a quella calma gelida così velocemente? Gwen non ne era sicura.

Ancora con lo sguardo fisso sul caffè, Lacey cominciò. "Donny, il mio ragazzo, non è tornato a casa ieri sera. Sono rimasta sveglia fino a tardi per aspettarlo."

Oh, buon Dio, pensò Gwen. Odiava la storia del dramma tra fidanzata e fidanzato. Quante volte l'aveva vista?

Questo Donny probabilmente era andato a sbronzarsi, e stava dormendo nell'auto o nel letto di qualche ragazza che aveva rimorchiato al bar. Meno male. Probabilmente era stato questo Donny a picchiarla. Lacey stava meglio così...

"So cosa stai pensando", disse Lacey, interrompendo i pensieri di Gwen. "Donny, beh, Donny non l'avrebbe mai fatto. Sparire in quel modo, intendo. Stava andando..." Lacey serrò le labbra. Le parole che stava per dire si rinchiusero nella cassaforte della sua mente. Lacey bevve un sorso di caffè e si contorse sul sedile.

Gwen rimase in silenzio sperando che Lacey dicesse di più. Avrebbe voluto farle altre domande, ma uno dei clienti rimasti agitò la tazza di caffè nella loro direzione e Lacey saltò su per andare a riempirla.

2

———————

SCOMPARSO

Il mattino seguente Lacey arrivò puntuale alle 5:40 e bussò alla pesante porta a vetri perché Gwen la facesse entrare.

Gwen suppose che il problema del fidanzato fosse stato risolto finché non vide il viso di Lacey. Il livido era dello stesso schifoso verde-giallo, ma le occhiaie sotto gli occhi erano più profonde. Lacey si precipitò sul retro per prendere il grembiule prima che Gwen avesse la possibilità di interrogarla.

Il venerdì mattina il Ranchers' Café era sempre pieno. Questo non faceva eccezione. Lacey lavorava con i soliti movimenti rapidi mentre prendeva le ordinazioni, riempiva le tazze di caffè dei clienti e afferrava i piatti della colazione non appena Mack li metteva sul bancone sotto le luci scaldavivande e suonava il campanello. A differenza del giorno prima, solo occasionalmente trasaliva ogni volta che la porta si apriva o un camion diesel rombava nel parcheggio.

Finalmente il traffico dei clienti rallentò. Gwen si massaggiò la spalla dolorante, contando i minuti fino alle 14, quando il suo manager le avrebbe dato il cambio per il pomeriggio. Fu allora che la sceriffa April Erickson entrò dalla porta.

April era la cognata di Gwen, la sorella minore del suo defunto marito. Era alta, quasi un metro e ottanta, di corporatura robusta e di carnagione chiara. April e Gabe Lindstrom, il defunto marito di Gwen, erano come due gocce d'acqua del Mare del Nord, e a volte, quando vedeva April, il cuore di Gwen dava un piccolo segnale di dolore per la perdita precoce di Gabe.

April aveva quasi sempre un sorriso grande come il suo cuore, ma non quel giorno. Si era presa un momento per salutare con un cenno del capo Gwen, poi si era concentrata su Lacey.

Quando April si avvicinò a lei in uniforme, con la pistola nella fondina e gli accessori delle forze dell'ordine, Lacey si bloccò come un cervo che avverte il primo colpo lontano della stagione di caccia.

Gwen si avvicinò, senza vergognarsi minimamente di origliare la loro conversazione.

"È lei Lacey Stevens, giusto?" Chiese April.

Lacey annuì, intrecciando le mani.

"Ed è stata lei ieri a denunciare la scomparsa del suo ragazzo, un certo Donald Myers?"

Lacey annuì di nuovo. Sembrava incapace di parlare.

April si voltò e chiese a Gwen: "Posso parlare con la signorina Stevens in privato per qualche minuto?"

"Prendetevi tutto il tempo che vi serve. Non siamo occupati", rispose Gwen, facendo del suo meglio per nascondere il suo disappunto. *Niente più origliare.*

April indicò la porta e seguì Lacey all'esterno.

Dopo dieci minuti, Lacey rientrò da sola e con l'aria sconvolta, gli occhi rossi nelle loro cavità scure. Gwen voleva chiederle se il fidanzato si fosse fatto vivo - magari in prigione - ma proprio allora entrò un gruppo di sei persone. Gwen posò delicatamente una mano sul braccio di Lacey e le disse di prendersi qualche minuto per ricomporsi, quindi andò a servire i nuovi clienti.

Finalmente arrivò Marilyn, la responsabile addetta al turno serale, insieme al resto del personale di servizio. Susie, una delle cameriere fisse, era arrivata prima per aiutare con il pranzo, e ora, diminuita la folla di clienti, Gwen mandò Lacey a casa. Quando le aveva detto di andarsene, Lacey si era precipitata sul retro per slacciarsi il grembiule. Prima che la porta smettesse di oscillare, l'aveva già attraversata nuovamente e stava correndo verso l'uscita del ristorante.

"Vado a finire un po' di conti per il bilancio", disse Gwen a Marilyn chiudendo la cassa dopo una coppia che si era attardata per pranzo.

"Cosa voleva April da Lacey?" Chiese Mack.

Gwen era entrata in cucina per strappare la fattura di un fornitore dalla bacheca e pagare il conto.

"Il suo ragazzo è ancora disperso. Sembra che ieri abbia denunciato la scomparsa dopo essere andata via da qui."

"Fuori a fare baldoria, sospetto", rispose lui.

Gwen sollevò i coperchi delle pentole, scrutando dentro, con le narici che si dilatavano un po'. "Questo profuma davvero. Ho visto uscire un sacco di porzioni. Sto morendo di fame."

"Pollo e gnocchi. Prendi una ciotola e serviti pure", le disse. "Lacey non ha idea di dove sia il suo uomo?"

"No. Ho pensato che forse stava smaltendo una sbronza da qualche parte, ma Lacey dice che non è da lui."

Mack sbuffò.

"Sì, l'ho pensato anch'io, ma è davvero è sconvolta. Tu conosci Donny, il suo ragazzo?" Chiese Gwen.

"Mai incontrato. Potrebbe essere venuto qui a mangiare, ma non so che aspetto abbia. E tu?"

Gwen aggiunse del formaggio grattugiato in cima agli gnocchi col pollo e ne prese una cucchiaiata mentre rifletteva.

"No, io nemmeno. Lacey parla raramente della sua vita privata, non che abbiamo il tempo di chiacchierare con tutto quello che abbiamo da fare la mattina. È strano che non lo abbiamo conosciuto. Dubois non è così grande, soprattutto a fine inverno quando i turisti se ne sono andati."

"Mhmm, questo è davvero delizioso", continuò assaporando un grosso boccone. La salsa sapeva di salvia e basilico e di qualche altro ingrediente segreto usato da Mack.

Mack aveva iniziato a lavorare come cuoco mentre serviva nell'esercito. Dopo vent'anni di servizio, si era ritirato. La pensione non era durata, troppo noiosa, aveva detto a Gwen. All'inizio era andato a lavorare nella cucina di un ristorante di Jackson, ma presto si era reso conto che il lussuoso stile di vita di Jackson Hole non era adatto alla sua famiglia, e aveva cercato lavoro in una città più piccola. Mack aveva parlato con un amico, che lo aveva indirizzato verso un altro conoscente, che lo aveva raccomandato a Gwen.

Un tempismo perfetto. Quando Gabe era morto di cancro, Gwen aveva pensato di vendere. Il fatturato del ristorante era aumentato costantemente negli anni, ma il lavoro era duro e il tempo libero era poco.

Gabe, che era il suo più grande sostenitore, non c'era più, e lei non riusciva a trovare il coraggio di andare avanti. Dopo aver osservato per alcuni mesi il lavoro competente di Mack, gli aveva chiesto se volesse diventare suo socio. Lui aveva accettato e ora gestiva la cucina, assumeva e licenziava il personale e ordinava le forniture. Lui, la moglie e i figli adulti non erano nativi del Wyoming, ma si erano adattati facilmente.

Gwen prese un'altra porzione di pollo e gnocchi e si diresse verso il suo ufficio per mettere in ordine un po' di conti.

Mentre usciva dal ristorante, Gwen vide April

rientrare nel parcheggio. Sua cognata sembrava insolitamente agitata. Normalmente la sceriffa April Erickson era un pilastro di tranquillità, ma non oggi.

"Ehi, Gwen. Quella cameriera, Lacey Stevens, è ancora qui?" Chiese April.

"L'ho fatta andare a casa circa un'ora fa. Perché?"

"Dannazione", disse April, poggiando il palmo della mano sul calcio della pistola nella fondina. "Sai dov'è andata?."

"No. Perché?" Chiese Gwen. "Hai trovato il suo ragazzo?"

"Se è lui quello che abbiamo trovato nella loro proprietà. Non sono buone notizie."

Gwen si accigliò. "Cioè?"

Proprio allora squillò il cellulare della sceriffa. Controllò il nome sullo schermo e poi rispose. "Sì, Jack?"

April ascoltò per un minuto, poi rispose: "Trattienila lì, sto arrivando. E non dirle niente. Voglio osservare la sua reazione."

April si voltò di nuovo verso Gwen e chiese: "La tua auto è parcheggiata sul retro?"

"Certo", confermò Gwen. Sollevò le chiavi e aprì la Jeep che era parcheggiata sull'altro lato del ristorante. "Perché?"

"Vorrei che venissi con me, se sei libera, naturalmente. Ti riaccompagnerò io quando avremo finito. Abbiamo trovato un corpo nel fienile alle spalle della loro casa. Potrebbe essere Myers, ma non abbiamo ancora un'identificazione di conferma. Era il mio vice al telefono. Lacey è appena arrivata a casa. È sulla scena insieme a lei, ma quando le darò la notizia le sarà d'aiuto avere vicino un viso conosciuto. Ti dirò il resto per strada."

Gwen azionò il telecomando, questa volta per

richiudere le porte della Jeep, e scivolò sul sedile del passeggero nel veicolo di pattuglia di April.

"Allora, cos'è successo?" chiese mentre uscivano dal parcheggio.

"Un paio di ragazzi che stavano facendo un'escursione hanno detto di aver notato una finestra del fienile rotta e sembrava che in casa non ci fosse nessuno. Sono andati a controllare e...."

Gwen sbuffò.

"Naturalmente la loro storia sembrava una balla colossale. Ad ogni modo, hanno sbirciato dentro la finestra, solo per assicurarsi che fosse tutto a posto."

Gwen sbuffò di nuovo.

"All'interno hanno trovato un uomo a terra che sembrava morto, e hanno chiamato la polizia."

"Chi erano i due ragazzi?" Chiese Gwen.

"Non lo so. Hanno riattaccato prima di dare i loro nomi all'operatore e, quando è arrivato l'agente di pattuglia, sulla scena non c'era nessuno."

"Chiamata anonima allora?" Chiese Gwen.

April si voltò e rivolse a Gwen un sorriso che le ricordava il ringhio di un lupo. "Non proprio. L'operatore avrà il numero di cellulare da cui è stata fatta la chiamata."

April rallentò. Individuò un vialetto stretto e svoltò. Ormai erano fuori città e gli alberi e il sottobosco impedivano la vista della casa dalla strada.

"Come è morto?" Chiese Gwen.

"Non abbiamo ancora esaminato il corpo. Jay è per strada."

Nel sentire il nome di Jay Marker il cuore di Gwen ebbe un sussulto. Era il proprietario delle pompe funebri di Dubois e, quando necessario, faceva anche da coroner per la contea di Fremont. Era magro e bello, con i capelli argentati. Era amico di Gwen, e a volte amante... quando avevano tempo. Con i loro impegni di lavoro, non si incontravano spesso.

April le lanciò un'occhiata. "Quel sorrisino lo dobbiamo al fatto che sta per arrivare il tuo bel cowboy delle pompe funebri per caso?"

Gwen diede un leggero pugno sulla spalla alla cognata, ma non riuscì a smorzare il sorriso.

Quando si fermarono alla fine del vialetto, trovarono Lacey rannicchiata sui gradini d'ingresso con lo sguardo assente. In piedi, accanto a lei, un agente in uniforme alzò una mano in segno di saluto. Dietro l'angolo della casa, nascosto tra gli alberi, c'era un fienile di legno malmesso, completamente avvolto dal nastro della scena del crimine.

"Ho dovuto informarla", l'ufficiale informò April quando scesero dalla macchina. "Voleva guardare nel fienile e l'unico modo per fermarla era dirle che era stato trovato un corpo e dovevamo aspettare."

"Dannazione", mormorò April.

Lacey non si era accorta del loro arrivo, non si era nemmeno mossa. Avvicinandosi a lei, Gwen vide che aveva le braccia strette intorno a sé come se cercasse di tenere insieme i pezzi. Gwen si sedette sul gradino della veranda accanto a lei e le mise delicatamente un braccio sulle spalle. Era difficile sapere cosa fare con quella ragazza. L'aveva vista irrigidirsi e allontanarsi quando un cliente le dava una pacca sulla schiena o le stringeva un braccio. Lacey non si allontanò al tocco di Gwen, ma non si appoggiò nemmeno. Gwen riusciva a percepire la sua spina dorsale sotto la camicia.

"Hai freddo?" Chiese Gwen. L'aria primaverile era ancora gelida, specialmente all'ombra degli alberi che circondavano il terreno.

Lacey annuì, il primo segno di riconoscimento da quando erano arrivati. Gwen si tolse la giacca di pile e gliela mise sulle spalle. La ragazza rabbrividì nel calore trattenuto dal corpo di Gwen.

April si era avvicinata al vicesceriffo che stava di guardia all'ingresso della stalla e i due parlavano tranquilli.

"Sai cosa è successo?" Gwen chiese a Lacey.

Lacey scosse la testa. "Hanno detto solo che c'è qualcuno morto nel fienile. Non vogliono dirmi chi."

Alzò la testa e lanciò a Gwen uno sguardo tormentato. "Donny non è ancora tornato a casa, sai. Oh, Dio. Oh, Dio."

Lacey mise la testa tra le ginocchia e singhiozzò.

"Posso chiamare qualcuno che stia te? Parenti? Amici?" Chiese Gwen.

Lacey scosse la testa. "Nessuno."

A quella risposta, Gwen non poté fare altro che accarezzarle la schiena ossuta.

3

———————

RITROVATO

Jay arrivò qualche minuto dopo alla guida del furgone Ford che usava per il trasporto dei cadaveri. Quando scese notò Gwen. Alzò le sopracciglia e un sorriso gli illuminò il volto.

Gwen si alzò dal gradino frontale, spolverò con le mani la parte posteriore dei pantaloni e andò a salutarlo.

Lacey rimase seduta con la testa china e le braccia attorno alle ginocchia. Almeno i suoi singhiozzi si erano un po' attenuati. L'ufficiale incaricato di tenere d'occhio Lacey alzò una mano in segno di saluto e indicò la stalla.

"Il corpo è laggiù, signor Marker."

Gwen raggiunse Jay mentre lui apriva la porta posteriore del furgone e tirava fuori una barella. Voleva abbracciarlo, ma l'ufficiale li stava guardando e la loro situazione era... complicata.

Dal momento che Jay e Gabe erano buoni amici, Gwen aveva conosciuto la moglie di Jay, Lauren. Dopo la morte del marito, Gwen era rimasta l'unica single del quartetto, e gli inviti a unirsi ai Marker per una cena o una serata fuori erano diminuiti.

Gwen aveva pianto la perdita della loro amicizia ma

14

capiva l'imbarazzo di un triangolo con i ricordi di Gabe ancora troppo freschi. Lo aveva capito ancora meglio quando era venuta a sapere che a Lauren avevano diagnosticato l'Alzheimer precoce. Si erano sostenuti a vicenda, Gwen e Jay, e la loro era diventata più di un'amicizia. Eppure, anche se Lauren era in una casa di cura e non riconosceva più il marito da molto tempo, Gwen si preoccupava di quello che avrebbero detto gli abitanti della città.

"Conosci il defunto?" Chiese Jay a Gwen, inclinando la testa in direzione del fienile.

"Mai incontrato. La ragazza seduta sui gradini lavora da me la mattina. Vive qui, e prima mi ha detto che il suo ragazzo non è tornato a casa ieri sera."

Jay si avviò verso il fienile con la barella che sbatteva sul terreno accidentato. Gwen camminava accanto a lui.

"Quindi pensano che nel fienile ci sia il corpo del ragazzo?" chiese.

"Credo di sì, ma chissà, forse il ragazzo ha ucciso qualcuno, ha nascosto il corpo nel fienile e se n'è andato."

Jay si voltò a guardarla. "È possibile?"

"Difficile dirlo. Qualche giorno fa Lacey è venuta al lavoro con un occhio nero. Questo ti dice qualcosa?"

Arrivarono al nastro della scena del crimine e un agente alzò una mano. Gwen lo conosceva,era un cliente abituale del ristorante.

"Mi dispiace, Gwen", si scusò l'ufficiale. "Solo le persone autorizzate possono oltrepassare questo punto."

"Nessun problema, Mark", disse lei, ripescando il nome dagli archivi della sua memoria all'ultimo secondo.

Mark sollevò il nastro e Jay, chinandosi, spinse la barella al di sotto di esso.

Gwen si pentì di non aver preso la sua macchina. Ora la sceriffa era lì dentro da qualche parte, e Gwen era bloccata fino a quando non sarebbe riuscita a trovare un passaggio. Tornò sulla scalinata anteriore per aspettare assieme a Lacey.

La ragazza aveva smesso di piangere e ora stava messaggiando sul suo telefono. "Pensi che potrebbe trattarsi del tuo ragazzo?" osò domandarle Gwen.

"Penso di sì", rispose Lacey con voce roca. "Continuo a mandargli messaggi, ma non risponde."

Gwen non riuscì a pensare a nient'altro da dire, per cui continuarono ad aspettare sui gradini, ognuna immersa nei propri pensieri.

Poco tempo dopo, Jay uscì dalla stalla e si diresse verso di loro. Indossava dei guanti di lattice e teneva qualcosa in mano.

Si fermò di fronte a loro e Gwen si rese conto che si trattava di un portafoglio.

"Sei tu Lacey?" domandò con voce gentile.

Lacey annuì, portandosi le mani davanti alla bocca come in segno di preghiera.

Jay aprì il portafoglio e tirò fuori una patente di guida. "Il tuo ragazzo è Donald Myers?"

Lei annuì di nuovo, con le mani ancora davanti alla bocca.

Gwen notò l'uso del tempo presente da parte di Jay. *Significava forse...?*

"È questo Donald?" le chiese delicatamente, mostrandole la foto sulla patente.

Lei annuì, questa volta più forte, con le lacrime che le scendevano dagli occhi.

April si unì a loro. Anche lei indossava dei guanti in lattice.

"Mi dispiace molto, tesoro", le disse Jay con lo stesso tono gentile. "Donald è deceduto."

"Donny, Donny, no, no", singhiozzò Lacey,

stringendosi nuovamente le braccia intorno al corpo e dondolandosi a ogni gemito.

"Le mie condoglianze", aggiunse April, entrando nel cerchio di Jay, Gwen e Lacey.

Dopo l'identificazione, Jay si voltò e tornò verso il fienile.

"Siete sicuri?" gridò Lacey.

April annuì. "Siamo sicuri."

"Posso portarti qualcosa?" le chiese Gwen. "Ho dei Kleenex nella borsa. Vado a prenderli."

Quando Gwen tornò dalla macchina di April con i fazzoletti in mano, la sceriffa stava aiutando Lacey a rimettersi in piedi sostenendola saldamente per il gomito. Gwen le diede il pacchetto di fazzoletti e Lacey si pulì il naso e il viso. Il trucco che aveva applicato con cura per nascondere l'occhio nero era sparito e l'impietoso giallo-verde del livido era lì, chiaro, sul viso delicato della ragazza. La cosa non sfuggì ad April. Gwen voleva solo marciare nella stalla e prendere a calci l'ormai indifeso Donny per aver picchiato la sua ragazza.

"Lacey tornerà in stazione con me", disse April a Gwen. "I tecnici della scientifica dovrebbero arrivare presto."

"Non voglio lasciare Donny", singhiozzò Lacey, e cercò di allontanarsi da April.

"Si prenderanno cura loro del tuo Donny", le disse April. "Adesso ho bisogno del tuo aiuto per capire cosa è successo e chi è stato." Poi aggiunse dolcemente: "È il modo migliore per aiutarlo, adesso."

"Ti dispiace?" chiese April a Gwen.

"Vai pure. Io torno in città con Jay", rispose Gwen.

Mentre Lacey e April si dirigevano verso la macchina, la sceriffa le lanciò uno sguardo sopra le spalle e le fece un occhiolino cospiratorio.

Gwen aspettò a lungo. Il freddo del tardo

pomeriggio la fece tremare, e rimpianse di non aver chiesto a Lacey di ridarle la giacca. Arrivò un altro veicolo con due tecnici della scientifica. Salutarono velocemente Gwen e aprirono il bagagliaio per tirare fuori l'attrezzatura e dirigersi verso il fienile.

La proprietà era circondata da alberi e cespugli. Gwen riusciva a malapena a distinguere la stretta interruzione del vialetto di ghiaia che, curvandosi, portava alla strada asfaltata. La casa era isolata, a poche miglia da Dubois. Gwen aveva fatto quel percorso innumerevoli volte senza mai rendersi conto che dietro lo schermo di vegetazione c'era una casa.

Da qualche parte, in cima a un albero, c'era un corvo che gracchiava. Un pascolo recintato correva lungo il viale, e al suo interno un cavallo color isabella brucava l'erba, sollevando di tanto in tanto la testa per osservare le attività. Tra la casa e il fienile era parcheggiato un rimorchio per cavalli, ma l'unico altro veicolo visibile era la vecchia Toyota argentata che guidava Lacey per andare al lavoro.

La berlina non era abbastanza potente per trainare un rimorchio, e comunque non c'era nessun gancio. Se il corpo nel fienile era quello di Donald Myers, dov'era allora il suo veicolo?

Poi le venne in mente un'altra domanda. Perché Lacey non aveva pensato di guardare nel fienile per cercare il ragazzo scomparso? Era perché l'aveva ucciso lei dopo essere stata picchiata? O era perché la sua macchina non c'era e Lacey pensava che non potesse essere nel fienile? Le ultime tre mattine aveva lavorato con Gwen e aveva finito il turno alle due del pomeriggio. Cosa aveva fatto dopo? A che ora tornava a casa Donny di solito?

Gwen aveva visto la patente di Donald quando Jay l'aveva mostrata a Lacey. Non l'aveva riconosciuto, per quello che era riuscita a vedere. Forse non erano in città da molto tempo; nella contea di Fremont quasi tutti passavano attraverso le porte del Ranchers' Café, prima o poi.

Il cavallo alzò la testa e le sue orecchie si drizzarono verso la stalla. Gwen si voltò per vedere Jay che attraversava la porta spingendo la barella, ora sormontata da un sacco grigio scuro e bitorzoluto. Jay si fermò, disse qualcosa a uno degli agenti e aspettò che questo salisse sul suo furgone e lo avvicinasse al nastro giallo della scena del crimine. Jay spinse la barella per un breve tratto, aprì la porta posteriore del veicolo e fece scivolare dentro la barella con il corpo di Donny.

Gwen lo raggiunse, e i tre – due vivi e uno no – ripercorsero il viale ombreggiato verso la strada.

"Come stanno le cose?" Chiese Gwen.

"Colpi di arma da fuoco, uno alla schiena e uno nell'occhio."

Gwen si sentì percorrere da un brivido. "Pistola o fucile? O era una carabina?"

"Non è un fucile da caccia, non ci sono i segni della pallottola. Ne sapremo di più quando l'avrò portato all'obitorio."

Gwen ripensò al volto di Lacey, cercando di ricordare quale occhio era stato colpito.

"L'occhio sinistro?" chiese.

Jay si voltò a guardarla. "Come fai a saperlo?" chiese.

Gwen alzò le spalle. "C'era una probabilità del 50%", disse, ma i suoi pensieri si concentrarono sul gonfiore dell'occhio sinistro di Lacey . Era una dichiarazione di vendetta di Lacey contro il ragazzo violento o solo una coincidenza? Il pensiero la fece rabbrividire.

"Nella tasca dietro il tuo sedile c'è una giacca", le disse Jay.

Gwen diede un'occhiata tra i sedili, vide il corpo imbustato di Donny e si voltò rapidamente indietro.

Jay le sorrise. "Non gli dispiacerà. Ma lascia che lo prenda io."

Allungò una mano dietro al sedile, tirò fuori una giacca di pile e la diede a Gwen. Lei se l'avvolse intorno, respirando il profumo persistente del dopobarba di Jay.

Meglio.

Sia il localeche la macchina di Gwen si trovavano sulla strada verso le pompe funebri. Si stava bene in macchina con Jay, nonostante l'altro passeggero.

Come se le avesse letto nel pensiero, Jay disse: "Se non ti dispiace, lascio prima il corpo. Devo metterlo nel deposito frigo, e poi posso riportarti alla tua auto."

Molto meglio.

4

———————————

CONTRAPPASSO

CI SAREBBE VOLUTO UN PO' DI TEMPO PRIMA CHE GWEN potesse raggiungere la sua auto e il suo appartamento.

Jay, con la sua Ford, entrò in retro marcia nel grande garage collegato alle pompe funebri. Poi premette il telecomando e chiuse la porta per tenere fuori occhi indiscreti. Solo allora andò sul retro del furgone e tirò fuori la barella. Le ruote si aprirono sotto di essa non appena oltrepassarono il paraurti.

Gwen chiudeva la fila, mentre Jay spingeva il corpo attraverso le porte automatiche e lungo il breve corridoio fino alla sala di preparazione. La stanza era pulita, l'attrezzatura, i pavimenti e i tavoli di metallo igienizzati fino a brillare. Eppure, quel posto aveva sempre messo Gwen a disagio. Jay aveva spiegato che ogni persona deceduta meritava rispetto, e che la preparazione di un corpo faceva parte del ciclo della vita. Tuttavia, non era qualcosa su cui Gwen voleva soffermarsi.

Aveva già detto a Jackie, la figlia che ora viveva a Denver con la sua famiglia, che alla sua morte voleva essere cremata. Aveva spiegato a Jackie e a suo marito che sarebbero stati loro a decidere cosa fare delle sue

21

ceneri. "Seppelliscimi accanto a tuo padre, se vuoi. Ma non mettermi sulla mensola del camino", aveva detto loro.

La sensazione di inquietudine, tuttavia, non fermò la curiosità di Gwen sul ragazzo di Lacey.

"L'hai visto bene?" Gwen chiese a Jay indicando il corpo nel sacco con la cerniera.

"Certo, perché?"

"Mi chiedevo che aspetto avesse. Voglio dire, dopo che Lacey si è presentata con l'occhio nero, ho avuto l'immagine di un grosso bruto peloso con la pancia da birra."

Jay la guardò e sorrise. "Non è affatto così. Ricordami di non buttare via i miei soldi se hai un'intuizione sui numeri della lotteria."

Jay si fermò davanti a una porta d'acciaio che ricordò a Gwen la cella frigorifera di un supermercato.

"Qualcuno dell'ufficio dello sceriffo arriverà qui più tardi per presenziare all'esame. Hanno già preso quello che ho trovato nella tasca."

"Cosa hai trovato?" Chiese Gwen.

"Le solite cose: chiavi, portafoglio, monete." Fece una pausa. "E l'angolo strappato di un sacchetto di plastica per panini con dentro una specie di sostanza."

"Che tipo di sostanza?" Chiese Gwen, sempre curiosità.

Jay scrollò le spalle. "Non ne ho idea. Vuoi vederlo?"

"Sì."

La misurò con lo sguardo. "Posso aprire la borsa abbastanza da esporre il viso, ma ti avverto, l'occhio ha un brutto aspetto."

Il padre di Gwen era solito andare a caccia e a pesca, quando lei era piccola, e tutta la famiglia aveva partecipato alla lavorazione del cervo, del pesce e dell'antilocarpa. Se era riuscita fare quello, allora poteva guardare la faccia rovinata di Donny. Fece un cenno di assenso.

Jay aprì la cerniera del sacco di qualche centimetro, in modo che lei potesse vedere. "Non toccare", avvertì, come se ce ne fosse bisogno.

Donny doveva essere stato di bell'aspetto in vita. Aveva capelli scuri e un pizzetto di quelli che andavano di moda, con baffi e barba incurvati come parentesi intorno alla bocca e al mento. La sua pelle era screziata, ma il suo viso doveva essere stato magro, e il naso forte. Al posto dell'occhio sinistro, c'era un buco aperto. Gwen cercò di non imprimere quell'immagine nella mente. Indossava una camicia a quadri e da sotto il colletto spuntavano i primi segni di un tatuaggio sul collo.

"Dannazione", esclamò lei mentre Jay richiudeva la cerniera. "Quanti anni gli dai, venticinque?"

"La patente diceva ventiquattro", rispose lui aprendo la porta della cella frigorifera e spingendo la barella all'interno.

Gwen cercò di ricordare cosa aveva scritto Lacey sulla domanda di assunzione nello spazio della data di nascita. Una ventina sembrava giusta anche per lei.

Jay raggiunse il grande lavandino d'acciaio inossidabile e iniziò a lavarsi le mani.

"Chiunque gli abbia sparato deve essere arrivato vicino per colpirgli l'occhio", osservò Gwen.

"Potrebbe essere, oppure chiunque sia stato aveva una mira davvero buona. C'era anche una ferita d'arma da fuoco nella schiena, tra le scapole."

Gwen ci pensò su. "Quindi pensi che qualcuno si sia avvicinato di soppiatto e gli abbia sparato alle spalle, per poi spargli una seconda volta in faccia quando si è girato?"

Jay chiuse il rubinetto e prese dei tovaglioli di carta dal dispenser per asciugarsi le mani. "È una possibilità.

Domani avrò un'idea più chiara. Schiena o occhio, probabilmente non sarebbe sopravvissuto a nessuna delle due ferite."

"Quando è stato ucciso?" chiese lei.

Jay aprì il coperchio del contenitore della spazzatura con il piede e ci gettò dentro il tovagliolo di carta. Ora era in piedi di fronte a Gwen. Anche dopo essere stato in una stalla a esaminare un cadavere, i suoi pantaloni cachi sembravano ancora immacolati. Prima di lavarsi le mani Jay si era rimboccato le maniche e gli occhi di Gwen vagarono sui suoi avambracci muscolosi coperti da una peluria fine.

"Sei la persona più curiosa che abbia mai incontrato", la prese in giro lui. "Lo sei sempre stata."

Gwen scrollò le spalle e cercò di sembrare offesa, ma non ci riuscì. Quello che aveva detto era vero.

"Stavo solo pensando... Lacey, la mia cameriera, gli ultimi due giorni ha lavorato dall'apertura fino alle due del pomeriggio circa." Lasciò il resto dei suoi sospetti in sospeso, non volendo dire ad alta voce ciò che temeva.

"Stai pensando che potrebbe aver ucciso lei il suo ragazzo?"

"Non lo so. È venuta al lavoro qualche giorno fa con un occhio nero grosso così. L'hai visto. Il sinistro, proprio come Donny. Inoltre, era più agitata di un gatto selvatico."

Jay si avvicinò a Gwen e la strinse tra le braccia. "È ancora troppo presto per preoccuparsene. Ora ho una domanda per te."

"Va bene. Di cosa si tratta?" Disse, parlando contro una spalla molto calda e mascolina, che odorava di colonia o deodorante, o di qualsiasi cosa Jay avesse messo all'inizio della giornata.

"Hai programmi per questa sera?" Chiese Jay, con la voce roca.

Gwen non ne aveva.

Jay aveva un appartamento al secondo piano delle pompe funebri. Aveva venduto la casa di famiglia quando la moglie era stata ricoverata nella casa di cura. Troppo spazio e troppi ricordi, aveva spiegato a Gwen. Lei sapeva esattamente cosa intendeva. Dopo la morte di Gabe, lei e Jackie si erano aggirate per casa come due anime in pena. In seguito, quando la figlia era andata all'università, Gwen aveva venduto la casa di 2.500 metri quadrati e aveva comprato un cottage grande la metà, che le si addiceva perfettamente.

"Prima un bicchiere di vino", disse Jay, mentre ne versava uno, una volta salite le scale di casa.

Si sedettero vicini sul divano. Lui le mordicchiò il lobo dell'orecchio e fece scorrere la lingua lungo i bordi dei suoi orecchini. Poi si fece strada verso il collo. Tremando per il piacere sotto il suo tocco, Gwen gli sbottonò la camicia e fece scivolare una mano lungo il petto, fermandosi a sentire il battito del suo cuore.

Dieci minuti più tardi, dopo il vino e i baci sul divano, lei sussultò.

"Per prima cosa, abbiamo entrambi bisogno di una doccia."

Molto più tardi, dopo una piacevole ora d'amore e una rapida cena a base di toast e uova strapazzate, Jay accompagnò Gwen lungo le strade buie a prendere la sua macchina, che era ancora ferma nel parcheggio del ristorante. Le aveva chiesto di passare la notte insieme, ma lei aveva molto a cui pensare, specialmente dopo che Jay le aveva detto che gli agenti avevano trovato un sacchetto di quella che sospettavano essere droga, nella tasca di Donny.

Mentre si preparava per andare a letto, Gwen si chiese se la scorta nella tasca di Donny fosse metanfetamina. Sarebbe stato in linea con quello che aveva visto ultimamente nei notiziari, sulle retate di droga nella Wind River Valley. Indossò la maglietta con cui dormiva e si infilò tra le lenzuola. L'uso di droghe avrebbe potuto spiegare perché Lacey sembrava sempre così agitata.

Gwen si addormentò analizzando ancora gli eventi scioccanti della giornata.

CONNIE L. BECKETT

cui dormiva e si infilò tra le lenzuola. L'uso di droghe avrebbe potuto spiegare perché Lacey sembrava sempre così agitata.

Gwen si addormentò analizzando ancora gli eventi scioccanti della giornata.

5

CLAN ERICKSON

Gwen venne colta di sorpresa, la mattina dopo, quando una Lacey dall'aria smunta bussò alla porta del caffè alla solita ora.

"Entra, Lacey. Lascia che ti prepari una tazza di caffè. Apprezzo la tua dedizione, soprattutto in queste circostanze, ma, davvero, ho già chiamato Sarah per sostituirti oggi."

"Sei sicura?" Chiese Lacey, ma sembrava sollevata.

"Sono sicura. Dormi un po', sistema le tue cose e potrai tornare quando sarai pronta. Tienimi aggiornata."

Gwen guardò Lacey allontanarsi passando accanto a Sarah che invece stava entrando.

I turisti, così come i clienti abituali del mattino, tennero Gwen e Sarah occupate.

Ancora uno, pensò Gwen, *ancora uno e poi avrò un giorno libero.* Il ristorante era chiuso il lunedì, ma sembrava che non sarebbe arrivato abbastanza in fretta.

Quando la folla cominciò a diradarsi, Gwen rivolse ancora una volta i suoi pensieri a Lacey, chiedendosi come stava e se avrebbe voluto tornare al lavoro dopo il funerale.

Se fosse stata al suo posto, e se fosse stata lei a

uccidere Donny, sarebbe fuggita e non sarebbe rimasta in quella casa fuori città, completamente isolata. Lacey non aveva mai detto di avere parenti o amici intimi a Dubois, il che rendeva i suoi legami con la comunità ancora più deboli.

"Sarah", chiamò Gwen, quando vide la cameriera che puliva lo sciroppo da un tavolo dove aveva mangiato una famiglia con due bambini piccoli. "Tua sorella sta ancora cercando un lavoro part-time?"

"Becky? Non ne sono sicura, perché?"

"Hai sentito che il ragazzo di Lacey è stato ucciso?" Chiese Gwen.

"Chi non l'ha sentito", disse Sarah, scuotendo la testa. "È su tutti i notiziari e tutti ne parlavano stamattina."

Gwen era consapevole del pettegolezzo; i commensali del mattino l'avevano assillata chiedendole dei dettagli mentre riempiva loro le tazze di caffè.

"Di' a Becky di chiamarmi, se sta ancora cercando lavoro. Non so con certezza se Lacey tornerà."

"Va bene", rispose Sarah. "Pensi che Lacey non tornerà perché l'ha ucciso? È quello che dicono tutti. In città girano un sacco di voci sul fatto che spacciavano droga. Voglio dire, ho persino sentito che hanno trovato un laboratorio di metanfetamine nel fienile dietro la casa."

Gwen aveva un po' di dubbi sull'ultima cosa. Una volta nato il pettegolezzo cittadino, i fatti germogliavano come strane appendici. Eppure, Jay le aveva detto che nella tasca di Donny era stato trovato un sacchetto di qualcosa che le forze dell'ordine sospettavano essere droga. Jay o April l'avrebbero informata se avessero trovato prove del fatto che nel fienile si produceva qualcosa di illegale?

"Te l'avevo detto che avremmo dovuto farle fare un

test per la droga", disse Mack a Gwen quando uscì dalla cucina per versarsi una tazza di caffè.

Gwen scrollò le spalle. "Troppo tardi ormai, e chissà se sparirà dalla zona o tornerà a lavorare."

"Ehi Todd, ti sei mai imbattuto in quelli che fanno le metanfetamine in giro per i boschi?" Chiese Mack a un uomo seduto a un tavolo vicino che indossava una camicia color cachi e un paio di pantaloni cargo .

Gwen conosceva Todd. Era un ricercatore del Dipartimento di caccia e pesca del Wyoming. Era anche un cliente abituale del caffè. L'uomo seduto dall'altra parte del tavolo era il suo nuovo partner, Mark.

"Una volta mi sono imbattuto in un tizio che cucinava metanfetamine su una di quelle vecchie strade del ranch", rispose Todd. "La sua macchina era rimasta bloccata nel fango quando aveva cercato di tornare indietro. Bisogna essere fuori di testa per portare una vecchia Mercury su una strada dove servono quattro ruote motrici. Ad ogni modo, era molto nervoso e stando accanto alla macchina si sentiva l'odore del solvente. Abbiamo chiamato lo sceriffo, e quando sono arrivati abbiamo scoperto che aveva prodotti chimici e contenitori con del liquido nel bagagliaio. Abbiamo dovuto chiamare una squadra di decontaminazione per portare via quella macchina di merda. E tu, Mark?" chiese, rivolgendosi al suo compagno di colazione.

"Ho trovato alcune tracce di marijuana qua e là, ma niente del genere", rispose Mark.

Todd continuò: "Ultimamente quello che troviamo, per lo più, è la prova che in giro ci sono bracconieri attivi."

Mark annuì. "Li prenderemo, è solo una questione di tempo."

"Stanno cacciando di frodo?" Chiese Gwen. "Pensavo che la cosa fosse diminuita."

"Per un po' è stato così", disse Mark. "Il nostro

dipartimento ha arrestato quattro ragazzi nel Montana qualche mese fa. Stavano attraversando le Montagne Rocciose risalendo il confine occidentale di Yellowstone. Nel loro rimorchio avevano della selvaggina fuori stagione : alci e cervi muli."

Mark continuò a raccontare. "Proprio l'altro giorno abbiamo parlato con un proprietario terriero che aveva messo gli occhi su un cervo con delle corna eccezionali. Aveva intenzione di prenderlo appena aperta la stagione. Ma una notte ha visto delle luci nel pascolo ed è andato a dare un'occhiata. Ha trovato dei ragazzi che stavano abbattendo una dozzina di cervi, compreso quello su cui aveva messo gli occhi."

"Dannazione, quindi ora sono in custodia?" Chiese Mack, con le braccia muscolose incrociate su un grembiule macchiato di grasso.

"No. Sono scappati via. Il proprietario del terreno ha preso il numero di targa, ma è venuto fuori che era di un camion rubato. Per quanto ne so, non sono stati arrestati."

"L'episodio almeno ha fermato il bracconaggio?" Chiese Sarah, dopo averli raggiunti.

"Per due secondi, forse. Sta già ripartendo", disse loro Todd. "Io e Mark siamo in giro a pattugliare dalle quattro di questa mattina. Ancora niente, ma li prenderemo."

Dopo pranzo, Gwen passò un'ora nell'ufficio del ristorante per sistemare la contabilità e preparare il deposito bancario che chiuse cassaforte in attesa del martedì, perché la banca il sabato chiudeva a mezzogiorno.

Non si era nemmeno accorta che, Marilyn, la manager del turno di sera, stava bussando alla cornice della porta.

"Lo staff del turno serale è arrivato, se vuoi andare", disse a Gwen.

"Quasi finito", rispose lei.

April aveva invitato Gwen a cena, e lei non vedeva l'ora. April e Rod Erickson avevano tre figli, uno al liceo, uno alle medie e uno ancora alle elementari. Era una famiglia chiassosa, e a Gwen piacevano sia il rumore e l'attività, che la tranquillità del suo piccolo cottage con il giardino ordinato sul retro.

Prima, però , doveva chiamare Lacey. In precedenza aveva tirato fuori dall'archivio la sua domanda di lavoro per vedere se avesse elencato qualche parente, ma l'unico contatto era l'ormai defunto Donald Myers. Digitò il numero di cellulare. Non rispose nessuno, per cui Gwen lasciò un messaggio in cui le chiedeva di richiamare. Pensò di andarla a trovare a casa, ma aveva promesso ad April che sarebbe stata da loro per le cinque e mezza, e doveva ancora preparare l'insalata di patate.

"Ho l'acquolina", disse April, sollevando il foglio di alluminio che copriva la ciotola con l'insalata di patate. "Quando ti ci metti, prepari sempre le cose migliori."

"Mamma, sto morendo di fame", piagnucolò Phillip, raggiungendoli in cucina.

"Sei sempre affamato", disse April al figlio quindicenne. "E stai lontano dal frigo: tuo padre ha quasi finito gli hamburger."

"Sto morendo di fame, è pronto?" Chiese Sven, il tredicenne, facendo eco al lamento del fratello mentre entrava nella stanza.

"Adolescenti", sbuffò April. "Giuro, potrei riempire due carrelli al supermercato, e in meno di due giorni questi mi svuotano un frigorifero intero. Andate fuori, voi due, vedete se vostro padre è pronto."

"Ciao, zia Gwen", disse il più giovane, Marcus, abbracciandola.

Rob e April erano entrambi alti e Gwen notò che anche Marcus, di otto anni, si stava avvicinando alla sua spalla.

"Anche tu, giovanotto", ordinò April al figlio più piccolo. "Vai a vedere a che punto è tuo padre. Tieni, porta fuori un piatto per gli hamburger."

"A volte ti invidio", disse April, tutta sorridente. "Volevo una figlia come la tua e invece mi sono ritrovata con tre maschi. Cibo ventiquattro ore su ventiquattro, attrezzi sportivi puzzolenti, lotte in salotto e ancora cibo."

Gwen rise. "Con le ragazze sono risatine, vestiti e drammi femminili. Oh, e i fidanzati."

April dispose piatti e argenteria sul bancone. "Non siamo ancora arrivati alla fase degli appuntamenti, ma Phillip passa una quantità spropositata di tempo in bagno a prepararsi ."

Tirarono fuori dal frigo i condimenti e aprirono le lattine di fagioli precotti.

"Ho provato a chiamare Lacey questo pomeriggio, ma mi risponde solo la segreteria. Sai se lei o Donny hanno qualche parente da queste parti?" Le disse Gwen, rompendo il loro silenzio indaffarato.

"Non so nulla di lei, ma oggi un tizio ha chiamato in ufficio sostenendo di essere il fratello di Donald."

"Ha chiesto cosa è successo?" chiese Gwen, sondando il terreno.

April si voltò verso Gwen, e i suoi occhi blu si strinsero. "Più che altro voleva sapere se avevamo il furgone, il rimorchio e le chiavi del fienile di Donald, e quando avrebbe potuto ritirare le cose del fratello."

Gwen ci pensò su per un minuto.

"Quindi non ha chiesto cosa è successo? Sarebbe la prima cosa che chiederei, io."

"Brevemente, solo per chiedere se abbiamo qualche sospetto, ma era interessato soprattutto al furgone e al rimorchio. A quanto pare, il fratello non approvava Lacey. Sostiene che sia stata lei a farlo entrare nel giro della droga."

"E il fratello lo sa perché abita nei dintorni?" chiese Gwen.

"Da qualche parte nell'Idaho, dice", continuò April. "Lacey lavora ancora per te, giusto?"

"Credo. Almeno finché non mi dirà il contrario. Le ho detto di prendersi tutto il tempo libero di cui aveva bisogno."

"Hai notato qualcosa che potrebbe indicare che fa uso di droghe, tipo le metanfetamine?"

"Non l'ho mai vista prenderne, ma è sempre agitata, come se non riuscisse a stare ferma."

April guardò fuori dalla finestra verso Rob che inforcava la carne dalla griglia. "Prima che ci travolga una mandria di maschi affamati, devo chiederti una cosa. Tu e Mack chiedete un test antidroga prima di assumere la gente per il ristorante, vero?"

"No, anche se un po' di tempo fa uno dei cuochi è arrivato ubriaco e gli abbiamo fatto fare un test dell'etilometro dalla municipale. Poi Mack l'ha licenziato."

"Potrebbe essere una buona politica da adottare, a cominciare da questa Lacey", disse April mentre Sven apriva la porta a vetri scorrevole per suo padre.

"Mack ha detto la stessa cosa."

"Hai un socio intelligente. Continuiamo a parlarne più tardi", le disse rapidamente April mentre il branco affamato arrivava dietro Rod.

6

IRRAGGIUNGIBILE

IL GIORNO SEGUENTE, UNA VOLTA RALLENTATO IL RITMO della colazione della domenica mattina, Gwen cercò di nuovo di contattare Lacey. Questa volta sentì solo un messaggio che annunciava che la sua casella vocale era piena.

Merda.

Non sapeva ancora se martedì Lacey sarebbe tornata al lavoro. In caso contrario doveva trovare qualcuno che la aiutasse nel turno del mattino.

Era anche preoccupata per lei. E se Lacey, sconvolta dalla perdita dell'unica persona che aveva indicato come familiare sulla sua domanda di lavoro, fosse andata in overdose? Il fratello di Donald la detestava al punto da andare a casa loro e cercare di prendersi i suoi averi? Gwen era certa che fosse stato Donny a farle l'occhio. Era violento anche il fratello? Fino a che punto si sarebbe spinto per riscuotere ciò che pensava gli fosse dovuto?

Pensò di andare lei stessa a casa della ragazza, per assicurarsi che il fratello non le facesse del male, ma, con i suoi quarantanove anni e i suoi cento sessantadue centimetri, non le sembrò la più intelligente delle idee. Anche se non fosse stata aggredita, sapeva che April probabilmente l'avrebbe arrestata solo per aver preso una decisione così stupida.

Che fare?

Marilyn arrivò presto, dicendo che aveva bisogno di più ore di lavoro, per cui Gwen poté andarsene per mezzogiorno. La casa era pulita, e il giardino non si era ancora del tutto ripreso dall'inverno, per cui si diresse nel laboratorio sul retro del garage. La prima cosa che fece fu accendere la stufetta elettrica a muro per riscaldare il piccolo ambiente. Poi si sedette al vecchio tavolo da lavoro che aveva trovato anni fa a un mercatino dell'usato, tirò fuori dai cassetti attrezzi e materiali, e cominciò ad annodare delle nuove mosche da pesca.

Il suo defunto marito, Gabe, amava quel tipo di pesca . Inizialmente Gwen si era unita a lui per passare più tempo insieme, ma in seguito aveva imparato ad amare quello sport tanto quanto lui. Anche la figlia si era divertita a pescare, almeno fino a quando non si era trasformata in una preadolescente irriconoscibile. La famigliola – Gabe, Gwen e Jackie – aveva esplorato i fiumi e i torrenti di tutto il Parco di Yellowstone. Era un ottimo modo per rilassarsi nel fine settimana, ed era stato terapeutico per tutti e tre, quando a Gabe venne diagnosticato il cancro che glielo avrebbe portato via.

Accarezzare la superficie dell'acqua col filo da pesca era stata la sua salvezza anche dopo che Gabe se n'era andato. Gwen si sentiva più vicina a lui, sulla riva del fiume, con il sole che illuminava il cielo e il profumo dell'aria fresca e pura nelle narici. Con maggio dietro l'angolo, era arrivato il momento di uscire di nuovo sull'acqua.

Gwen si perse nell'intricato compito di preparare le mosche e controllare l'attrezzatura da pesca. Solo quando il suo stomaco brontolò e guardò l'ora, si rese conto che erano passate le quattro del pomeriggio e che aveva lavorato oltre l'ora di pranzo. Mise le mosche che aveva finito nella scatola, si diede una ripulita e andò dentro a prepararsi un panino.

Mentre mangiava, Gwen provò di nuovo il telefono di Lacey. Non rispose nessuno, e la segreteria era ancora piena. Pensò di nuovo di mettersi in macchina e andare direttamente a bussare alla sua porta d'ingresso, ma poi ebbe un'idea migliore.

———

"Mi stavo chiedendo come stavi", disse Jay quando rispose al telefono.

Gwen non lo sentiva da venerdì. Non che si telefonassero ogni giorno, ma si scambiavano messaggi regolarmente. Tra il lavoro, la cena di famiglia da April e il pomeriggio passato in preparazione della stagione di pesca estiva, non si era ancora messa in contatto con lui.

"Ho cercato di chiamare Lacey, ma non risponde al telefono. Sono preoccupata. Ti ha già parlato dei preparativi per il funerale del ragazzo?"

"Non ancora. Ho finito l'esame sul corpo di Donald Myers. L'ufficio dello sceriffo voleva accelerare i tempi e le cose andavano per le lunghe, così sono riuscito a finirlo sabato pomeriggio. Mi aspetto che presto rilascino il corpo per la sepoltura."

"Cosa hai trovato?" Chiese Gwen.

"Nessuna sorpresa sulla causa della morte. Ferite da arma da fuoco. Gli agenti faranno esaminare i frammenti di proiettile. Sembra un ventidue, ma non sono un esperto. Ho mandato i campioni del sangue e dei tessuti all'Ufficio investigativo del Wyoming. Li analizzeranno per eventuali tracce di droga e per qualsiasi altra cosa possa servire per le ricerche."

"Quindi non sappiamo ancora se aveva fatto uso di droghe o alcool?" Chiese Gwen.

"Il test dell'alcool richiederà un paio di giorni. Per tutto il resto si tratta di tre o quattro settimane, a seconda di quanto è occupato il laboratorio. Aspetta un minuto, ho una chiamata sull'altra linea e devo rispondere."

Gwen ascoltò la musica d'attesa mentre Jay prendeva l'altra chiamata.

Tutti, nel Wyoming, sapevano qualcosa sulle armi da fuoco. Lei non andava a caccia, ma sapeva che una calibro 22, anche se andava bene per sparare alla selvaggina di piccola taglia, non sarebbe stata la prima scelta in situazioni in cui ci si poteva trovare davanti un serpente a sonagli, un lupo o un orso mentre si camminava all'aperto. Si chiese se la calibro 22 provenisse da una pistola o da un fucile. Questo avrebbe potuto offrire un indizio sia sul movente che sull'assassino.

"Eccomi qua", disse Jay, tornando in linea. "Avevi detto che stavi cercando di contattare Lacey?"

"Sì, perché?"

"Beh, era lei ora al telefono."

Gwen sentì sciogliersi una parte delle preoccupazioni che si stava portando dietro. "Bene, vuol dire che sta bene. Ha chiamato per prendere accordi per Donald?"

"Sì, voleva sapere quando verrà rilasciato il corpo."

"Cosa le hai detto?", chiese lei.

"Le ho detto che ho fatto la mia parte e che non appena lo sceriffo darà l'ok, potremo procedere con i preparativi del funerale."

Gwen disse: "Ho sentito che aveva un fratello. Ti ha già contattato?"

"Un fratello? Nessuno mi ha detto niente della famiglia. Immagino che la ragazza o l'ufficio dello sceriffo si siano messi in contatto con loro. Comunque, Lacey vuole vedermi per prendere i dovuti accordi. Le ho detto che poteva passare quando voleva e lei ha risposto che sarebbe venuta subito."

"Devo parlarle", disse Gwen, gettando i resti del panino nella spazzatura. "Sarò lì tra due minuti."

Sei minuti dopo Gwen entrò nel parcheggio delle pompe funebri di Jay. Sarebbero stati cinque, ma aveva perso del tempo per mettersi gli orecchini, dare una spazzola ai capelli e mettere un po' di fard sulle guance prima di uscire di casa. Quando arrivò Lacey, Gwen era seduta nell'atrio a parlare con Jay.

I modi nervosi che Lacey aveva mostrato in precedenza erano spariti. Al loro posto c'era una triste letargia. Si muoveva come se avesse paura che la terra potesse improvvisamente aprirsi sotto i suoi piedi e inghiottirla. Gwen si era sentita allo stesso modo dopo la morte di Gabe, come se la terra sotto i suoi piedi potesse trasformarsi improvvisamente in sabbie mobili.

I capelli di Lacey erano spettinati, le punte viola aggrovigliate. Il livido intorno all'occhio era svanito, ma le occhiaie erano diventate ancora più scure.

Lacey alzò una mano in segno di saluto quando si fermò davanti a loro, ma non parlò.

Jay, sempre diplomatico dopo tanti anni di interazione con le persone che stavano passando il momento peggiore delle loro vita, si alzò e mise un braccio intorno alle spalle della fragile giovane donna. Lei si appoggiò sulla sua spalla e iniziò a singhiozzare.

Gwen non sapeva cosa fare. Si alzò e andò a dare una pacca sulla schiena a Lacey. Jay parlò con tono rassicurante, ma Gwen non riuscì a trovare le parole. Dopo un po', i singhiozzi si attenuarono.

"Mi scusi", disse Lacey facendo un passo indietro e vedendo le macchie lasciate dalle lacrime sulla camicia di Jay.

"Non preoccuparti", disse lui, sorridendole dolcemente. "Fa parte del lutto." Con tono più solenne, poi, le disse: "Se sei pronta, possiamo andare nel mio ufficio e parlare di quello che vuoi fare per Donald. Ma prima, Gwen vorrebbe parlarti per qualche minuto. Va bene?"

Lacey annuì e rivolse a Gwen gli stessi occhi da cucciolo triste che l'avevano spinta ad assumerla.

"Siediti, per favore", disse Gwen indicando una sedia.

Lacey si sedette e posò le mani in grembo. Gwen si accomodò sulla sedia accanto a lei e mise una mano sull'avambraccio sottile di Lacey.

"Voglio farti di nuovo le mie condoglianze."

Lacey annuì, gli occhi concentrati sul pavimento.

"Hai dei parenti o degli amici che possono aiutarti?" continuò Gwen.

Lacey scosse la testa.

"E Donald? Ho sentito che ha un fratello."

A quel punto, Lacey alzò di scatto la testa per guardare direttamente Gwen e rivolgerle uno sguardo perplesso. "Donny non ha un fratello."

Gwen si appoggiò allo schienale. "Ho sentito che suo fratello ha contattato l'ufficio dello sceriffo."

Non disse a Lacey che il fratello li aveva contattati per chiedere come fare a ottenere le cose della vittima. Forse il diniego di Lacey era legato al fatto che lei non piaceva a questo fratello. Ma non avrebbero dovuto conoscersi per odiarsi? Rimpianse di non aver chiesto ad April il nome del fratello.

La genuina sorpresa sul volto di Lacey convinse Gwen del fatto che la ragazza non stava mentendo quando aveva negato l'esistenza di familiari.

"Donny non aveva un fratello", ripeté Lacey.

"Ma forse Donny non ti ha parlato di..."

"Non aveva un fratello!"

"Ok allora", disse Gwen, lasciando perdere l'argomento. "Devo chiederti una cosa, e mi scuso per il tempismo, ma hai ancora intenzione di tornare a lavorare? Non so se vuoi rimanere in zona. In caso contrario, ho bisogno di trovare qualcuno che mi dia una mano."

"Sì, tornerò", disse Lacey con enfasi.

"Posso trovare qualcuno che lavori al tuo posto fino a...." Gwen agitò una mano verso l'ufficio di Jay e le sale per le visite al di là di esso, "dopo il funerale, se hai bisogno di tempo." Non parlò della possibilità che Lacey venisse arrestata, se fossero state trovate prove che la incriminavano.

Questa volta gli occhi da cucciolo erano spariti. "Sarò al lavoro martedì. È quando si riapre, giusto?"

"Sì, martedì."

"Ho bisogno del lavoro", spiegò Lacey a bassa voce strofinandosi gli occhi.

"Bene, ci vediamo martedì mattina", disse Gwen, e si mosse per alzarsi.

"Grazie", disse Lacey con voce dolce.

"Di nulla."

Jay aveva osservato le due dall'interno del suo ufficio. Quando Gwen si alzò, uscì per andare loro incontro. "Pronta?" chiese a Lacey.

Lacey si voltò di nuovo verso Gwen. "Non so cosa fare."

"Jay saprà come aiutarti", disse Gwen, e si voltò per andarsene.

"Gwen?" chiamò Lacey con un tono di voce addolorato.

Gwen si voltò indietro.

"Sarai qui dopo...?" Lacey guardò di nuovo verso l'ufficio di Jay e le stanze al di là di esso.

"Ti aspetto", rispose Gwen.

7

BAMBINI IN AFFIDAMENTO

JAY E LACEY RIMASERO A LUNGO NELL'UFFICIO CON LA porta chiusa. Mentre attendeva, Gwen esaminò le riviste impilate sul tavolino da caffè. L'attualità delle notizie era ormai superata da tempo. Alla fine si soffermò su una rivista regionale piena di storie e foto colorate sulla fauna del Wyoming.

Stava leggendo una ricetta per il chili di fagioli bianchi quando, finalmente, la porta dell'ufficio si aprì. Lacey aveva lo stesso aspetto magro e malandato di prima, ma ora la sua espressione era determinata.

Jay raccolse i documenti dalla stampante che aveva preso vita mentre Gwen aspettava. Batté la pila sulla scrivania della reception per allineare le pagine, spillò un angolo e consegnò il malloppo a Lacey.

"Ecco l'elenco dei costi di cui abbiamo parlato. Accettiamo assegni, una carte di credito oppure possiamo concordare un pagamento, come preferite."

"Pagherò in contanti", disse Lacey prendendo i documenti. "È possibile?"

Gwen, che stava ascoltando solo a metà, drizzò le antenne.

Quanto costa un funerale oggi? Quello di Gabe era costato più di 5.000 dollari, ed erano passati anni.

In aggiunta alle spese mediche per la malattia, quelle del funerale avevano assottigliato i loro risparmi. L'assicurazione sulla vita di Gabe aveva aiutato, ma c'erano voluti un paio di mesi prima che i documenti fossero pronti e lei ricevesse i fondi. Dove avrebbe trovato abbastanza denaro per pagare un funerale, Lacey, che sembrava vivere sempre a un passo dallo sfratto? Donald aveva una scorta segreta da qualche parte? Il denaro poteva essere un movente per l'omicidio, oltre agli abusi domestici?

Mentre Gwen aspettava che Jay e Lacey finissero, inventò nella sua testa varie scuse per mantenere una breve conversazione con Lacey: aveva cose da fare a casa, doveva incontrare un amico, o, per dire la verità, che aveva fame, era esausta e voleva solo andare a casa a leggere un libro e andare a letto presto.

Era curiosa, non solo riguardo al motivo per cui Lacey voleva parlare con lei, ma anche riguardo alla presunta scorta segreta di denaro per il pagamento del funerale. La sua curiosità era come quella di un gatto— un gatto che saltava ovunque nella sua testa.

Fuori dalle pompe funebri, il sole incombeva basso nel cielo e l'aria si era raffreddata.

"Hai fame?" Gwen chiese a Lacey.

"Un po'", rispose lei. "Non ho molto appetito da quando, beh, lo sai."

"Qui vicino c'è un ristorante dove preparano una zuppa di cipolle alla francese buonissima e pane fatto in casa. Che ne dici?"

Lacey si mostrò d'accordo e seguì Gwen lungo la strada fino al ristorante.

A parte i fondi inspiegabili, Gwen voleva sapere perché Lacey aveva negato che Donny avesse un fratello. Si chiedeva anche che cosa avesse detto April a Lacey, riguardo alle indagini sull'omicidio di Donny.

E che dire della voce riguardo a un laboratorio di

metanfetamine nel fienile dove era Donny morto? Così tanti enigmi da risolvere.

Al ristorante, ordinarono la zuppa. Gwen aggiunse un'insalata, di contorno al suo ordine. Lacey chiese delle patatine fritte. Quando la cameriera si fu allontanata, Gwen pescò nel cesto delle curiosità con una delle sue zampe di gatto.

"Gli agenti ti hanno detto qualcosa sul sospettato della morte di Donny?" Chiese Gwen.

Lacey prese un bicchiere d'acqua e la superficie del liquido si increspò nella sua mano tremante. Guardò Gwen accigliandosi. "Ieri mi hanno fatto un sacco di domande."

"Gli investigatori?"

"Sì."

"Di che tipo?" Chiese Gwen.

Lacey aveva un'espressione torva sul viso. "Domande ... come se pensassero che sia stata io... a uccidere Donny."

La notte precedente, nel buio, lo stesso pensiero si era insinuato nella mente di Gwen, proprio prima di addormentarsi. Aveva senso, l'occhio nero era la prova che avevano litigato. Gwen ricordava quanto fosse nervosa prima del ritrovamento del corpo. Questo, insieme alle droghe e a tutta la violenza che ne derivava. In più, la calibro 22 era una pistola piccola, come quella che potrebbe portare una donna.

Lacey e Donny non erano a Dubois da molto. Forse si erano fatti un nemico a livello locale, ma erano rimasti in città abbastanza a lungo perché la rabbia di quel nemico si inasprisse tanto da portare all'omicidio? La produzione, la vendita e l'uso di droghe avrebbero certamente portato nel mix cattive compagnie.

"Pensi che sia stata io, vero?" proferì Lacey con un certo disprezzo.

Gwen si rese conto di aver considerato

mentalmente quella possibilità così a lungo che Lacey aveva supposto che Gwen la considerasse vera. Che la considerasse colpevole.

Lacey gettò il tovagliolo sul tavolo e si alzò.

"Lacey, ti prego, non andartene", disse Gwen, raggiungendola. "Ero solo sorpresa dall'accusa, tutto qui."

Era una piccola bugia bianca, perché non poteva controllare dove vagavano i suoi pensieri nelle prime ore della notte.

Lacey si sedette di nuovo. Gwen non sapeva se Lacey avesse accettato la sua risposta, o se fosse tornata perché la cameriera stava mettendo sul loro tavolo le ciotole fumanti di zuppa, fragranti di brodo di manzo ben condito, cipolle rosolate e pane coperto di formaggio fuso.

"Immagino", disse Gwen dopo che il cibo era stato servito e la cameriera se n'era andata," che la sceriffa ti abbia esclusa dai sospettati, se non sei stata arrestata."

"Dopo che mi hanno accusata ho detto loro che non avrei più parlato senza il mio avvocato. Quindi mi hanno lasciata andare."

Gwen ammirò la giovane donna. Dubitava che avrebbe avuto la presenza di spirito di fermare l'interrogatorio, ma non sono i colpevoli che chiedono sempre un avvocato nei programmi televisivi?

"Chi pensi che volesse fare del male al tuo ragazzo?"

Lacey si portò le dita alle labbra e Gwen osservò diverse emozioni danzare sul suo viso. Alla fine Lacey scrollò le spalle, prese una patatina fritta e la immerse in una pozza di ketchup.

"Non lo so", rispose lei.

Gwen credeva il contrario. Lacey stava nascondendo qualcosa. Soprattutto dopo aver detto a Jay che aveva i soldi per pagare il funerale.

Usò il cucchiaio per tagliare un pezzo di pane e

formaggio, raccolse una cucchiaiata di zuppa e se la portò alla bocca. *Potrebbe valere la pena di guadare in acque più profonde*, pensò masticando.

"Ho sentito dire che hanno trovato della droga in tasca a Donny." Prese una seconda cucchiaiata di zuppa e lasciò che la frase rimanesse sospesa nell'aria.

"Donny non faceva uso di droghe. E nemmeno io." Questo Lacey lo disse con enfasi.

Gwen rimase in silenzio.

Fu Lacey a interromperlo per prima. "Guarda, di solito non rigurgito la mia storia personale, ma so cosa dice la gente e non... beh, non voglio che pensi che eravamo coinvolti in quella merda."

Lacey si mise una ciocca di capelli dietro un orecchio e fece un respiro profondo. "Io e Donny ci siamo conosciuti quando eravamo entrambi in affidamento. Mia madre aveva dei problemi. Beveva molto. Mio padre, beh, non l'ho mai conosciuto. Comunque, la CPS mi portò via quando mia mamma e uno dei suoi fidanzati ebbero una grossa lite e la polizia venne a vedere le condizioni della casa. Dopo di che ho iniziato a rimbalzare tra mia madre e diverse famiglie adottive, questo da quando avevo sette anni. Alla fine il giudice ha detto basta e le ha strappato i suoi diritti genitoriali. Non vedo mia madre da quando avevo dodici anni o giù di lì.

"Ho conosciuto Donny quando è venuto a vivere nella mia ultima casa adottiva. Stavamo per diventare entrambi maggiorenni. Compiuti i diciotto anni, *puff*" schioccò le dita "sei da solo. Donny era come me, ha passato la maggior parte della sua vita tra un affidamento e l'altro. Lui è... voglio dire, era..." Al cambio di tempo, dal presente al passato, Lacey si premette un tovagliolo sugli occhi.

Gwen pensò che stesse per piangere, ma dopo un

minuto Lacey rimise il tovagliolo sulle gambe e continuò.

"Donny ha compiuto diciotto anni prima di me. Ha affittato un appartamento a Casper e quando sono diventata maggiorenne l'ho raggiunto. Quello che sto cercando di dire è che i nostri genitori erano alcolisti e tossicodipendenti. Odiavamo la droga, odiavamo il modo in cui aveva incasinato le loro e le nostre vite. Nessuno di noi si sarebbe mai fatto coinvolgere in quella roba, dopo tutta quella merda."

La storia di Lacey e Donny era più complessa di quanto Gwen avesse immaginato. Credeva che Lacey le stesse dicendo la verità, ma c'erano ancora la storia del sacchetto in tasca e il denaro inspiegabile. Cambiò argomento.

"Allora, tu e Donny siete venuti a Dubois da...?"

"Non direttamente."

"Che tipo di lavoro faceva Donald?" Chiese Gwen.

"Gestiva il bestiame, coltivava, montava steccati, qualsiasi lavoro fosse necessario."

Consumarono il resto del pasto in silenzio. E fu un bene perché Gwen aveva bisogno di tempo di pensare mentre Lacey aveva bisogno di mangiare.

Era certa che Lacey stesse nascondendo qualcosa sui responsabili e sul movente dell'omicidio di Donny. Donny forse aveva dei segreti. Non sarebbe stata la prima volta che un partner nascondeva cattive azioni alla persona che diceva di amare. *I figli di alcolisti e drogati non tendevano a diventare a loro volta dipendenti? E che dire dell'uomo che sosteneva di essere il fratello di Donny.* Queste domande avevano bisogno di risposte, ma dovevano essere messe da parte per un altro giorno.

"Chiamami, se hai bisogno di qualcosa.Ci vediamo martedì mattina", disse Gwen a Lacey quando ebbero finito, e Gwen pagò il conto.

8

STEMPERARE

FEDELE ALLA PAROLA DATA, LACEY BUSSÒ ALLA PORTA DEL ristorante martedì mattina alle 5:40.

"Immagino che avessi ragione", brontolò Mack, mentre Gwen andava ad aprirle.

La maggior parte dei giorni, Gwen e Mack arrivavano poco dopo le 5:00. Quel martedì, come al solito, Gwen aveva preparato due tazze di caffè ed era andata a sedersi al bancone accanto a Mack. Stava preparando i turni del personale della cucina per la settimana successiva, ma si fermò quando Gwen prese posto su uno sgabello.

"Allora, tua cognata la sceriffa ha già risolto il caso di omicidio?" Chiese Mack.

Gwen si massaggiò il collo per sciogliere i nodi muscolari. "Non ancora, ma domenica sera ho cenato con Lacey. A volte sembra inaffidabile, ma in lei c'è più di quanto pensassi."

"Del tipo?" Chiese Mack.

"Ha detto che lei e Donald erano figli adottivi, si sono incontrati in una delle loro case famiglia. Sapevi che, una volta maggiorenne, un ragazzo in affido esce dal sistema?"

"Brutto modo di entrare nell'età adulta", rispose Mack, rimettendo la sua tazza sul piattino.

"Sì, un giorno hai un tetto sulla testa e cibo da mangiare. Poi ti cantano buon diciottesimo compleanno e *boom* ti ritrovi per strada."

"Ho fatto un salto dal liceo all'esercito", le disse Mack, raccogliendo il programma su cui aveva lavorato. "Un salto considerevole, ma almeno avevo una branda e tre pasti caldi. Vedo molti ragazzi che vanno là fuori da soli. A volte è troppo da gestire, e iniziano a bere o a drogarsi."

Gwen guardò l'orologio e raccolse le tazze. "Più vedo Lacey, più penso che non faccia uso di droghe o altro."

"Non hai detto che hanno trovato un sacchetto di droga nella tasca del ragazzo morto?" Chiese Mack, arrotolando il foglio dei turni nella mano chiusa a pugno.

"April ha detto che hanno trovato qualcosa, ma non ti sembra un po' troppo comodo?"

E non era l'unica cosa troppo comoda e conveniente, pensò Gwen mentre portava le tazze sporche in cucina.

C'era stata la chiamata da parte di uno sconosciuto che aveva riattaccato prima di identificarsi. Lo stesso aveva visto per caso un corpo spiando dalla finestra di un posto in cui non avrebbe dovuto essere. C'era un presunto fratello di cui Lacey negava l'esistenza. E Lacey stava nascondendo qualcosa, questo Gwen lo sapeva per certo. Da dove venivano i soldi per pagare il funerale?

Il livido era quasi guarito, notò Gwen quando Lacey tornò dalla stanza sul retro legandosi un grembiule intorno alla vita. Aveva ancora l'aria tormentata, ma la sua mascella era determinata.

"Vedi, te l'avevo detto che sarei stata qui", le disse Lacey con aria di sfida.

A Gwen piacque quella scintilla. Da qualche parte nella sua infanzia difficile, Lacey aveva sviluppato resilienza.

Sarà difficile per un po', ma questa ragazza ce la farà.

"Non avevo quasi nessun dubbio", rispose Gwen sorridendo.

La mattinata fu piena di gente. Oltre ai loro clienti abituali, ora che la neve si era sciolta, arrivarono i turisti desiderosi di fuggire dai confini delle loro case. Più in là, in primavera e in estate, ne sarebbero arrivati altri per visitare i Tetons e il parco di Yellowstone. Gwen ne era contenta. Era stato un inverno freddo e magro, e avevano bisogno di lavorare. Anna arrivò alle 11:00 per aiutare con il pranzo. Gwen andò a dire a Lacey di fare una pausa, ma prima che potesse farlo, fu Lacey ad avvicinarsi.

"Gwen, ti dispiace se vado via un po' prima oggi?" Le chiese strizzando il panno con cui aveva pulito i tavoli.

Gwen inarcò un sopracciglio.

"Voglio dire, se hai bisogno di me posso restare, ma dovrei ritirare le ceneri di Donny e il signor Marker ha detto che ha un funerale oggi pomeriggio alle due. Non voglio, sai, interrompere la famiglia."

Gwen guardò verso i tavoli semivuoti prima di rispondere. "Se non c'è troppo movimento all'una puoi andare. Con la folla che abbiamo avuto a colazione, il pranzo probabilmente sarà più tranquillo."

"Grazie", rispose Lacey, continuando a strizzare il panno.

Come previsto, i clienti a pranzo furono pochi, e Gwen confermò a Lacey che poteva uscire.

"Ci vediamo domani", disse Gwen a una Lacey dall'aria distratta. La ragazza fece un cenno con la mano mentre usciva dalla porta, e Gwen ebbe il sospetto che più tardi sarebbero arrivate le lacrime.

Domani avrebbe dovuto chiederle se ci sarebbe stato un servizio funebre.

Il fatto che stesse andando a prendere l'urna delle ceneri forse rispondeva a una domanda che stava rimbalzando nella testa di Gwen. Che costo avevano la cremazione e una semplice urna? Sicuramente inferiore a quello del servizio di Gabe. Avrebbe dovuto chiederlo a Jay. Non in riferimento a Donald, Jay non avrebbe mai rivelato dettagli del genere, ma come informazione generale. Quello poteva chiederglielo. Ancora meglio, poteva invitarlo a cena fuori. Avrebbero avuto la possibilità di aggiornarsi.

———

Il mercoledì iniziò allo stesso modo, tranne per il fatto che Lacey arrivò al lavoro ancora prima delle 5:45, che erano l'orario stabilito.

Quando la ragazza ebbe indossato il grembiule, Gwen, troppo curiosa per aspettare, chiese: "Stai organizzando un servizio funebre per Donald? Non mi pare di avertene sentito parlare. Te lo chiedo solo nel caso tu abbia bisogno di un giorno libero."

Gwen conosceva già la risposta, avendo cenato con Jay. Tuttavia, voleva vedere cosa avrebbe detto Lacey.

Lacey scosse la testa con tristezza. "C'eravamo solo io e Donny. Non parlava con sua madre da secoli, da quando la CPS l'ha portato via. Non so nemmeno dove viva. Non ho mai saputo il nome di suo padre. Donny lo chiamava semplicemente il donatore di sperma. Ho già parlato con la famiglia adottiva dove ci siamo incontrati. Io e la madre siamo rimaste in contatto, più o meno. Hanno detto di aver appena accolto un nuovo bambino. È disabile, sclerosi multipla, credo, quindi sarebbe difficile per loro viaggiare fino a qui per un funerale." Scrollò le spalle. "Chi altro c'è?"

Gwen pensò di nuovo ai bambini senza radici, spinti fuori dalla porta, ai quali veniva detto di trovare da soli la loro strada. La cosa la rese triste. I suoi genitori se ne erano andati da tempo, ma aveva un fratello a Colorado Springs e diversi cugini. E, naturalmente, April faceva parte della sua famiglia, così come la figlia Jackie e la sua famiglia in Colorado.

"E la sepoltura? Hai le sue ceneri, giusto?"

Con uno sguardo cupo, Lacey raccolse i capelli scuri con le punte viola in una coda di cavallo e li legò con un elastico.

"In questo momento non ho i soldi per prendere un terreno in cui seppellirlo. Fra poco ci sarà da pagare l'affitto, e sono rimasta sola. A Donny spetta il suo ultimo stipendio, ma mi hanno detto che non posso reclamarlo perché non eravamo sposati. Il suo capo ha detto che finirà nella sua eredità." Lacey emise una risata acuta. "Se non posso permettermi un posto in cui seppellire l'urna, di sicuro non posso permettermi un avvocato per fare richiesta del suo ultimo assegno."

"So di avertelo già detto, ma ho sentito che il fratello di Donny ha contattato la sceriffa per reclamare le cose di Donald", disse Gwen. "Hai detto che eravate entrambi in affidamento. Potrebbe esserci un fratello con cui aveva perso i contatti?"

Lacey strinse gli occhi e disse con decisione: "Come ho già detto, Donny era figlio unico. Se c'è un fratellastro da parte di padre, nessuno di noi ne sapeva niente."

Il campanello appeso alla porta annunciò l'ingresso di un cliente. Poi arrivò una coppia e in seguito altri clienti affamati. Il resto delle domande di Gwen si persero nella mattinata piena.

———

Rientrata a casa, quel pomeriggio, Gwen chiamò April.

"Come va?" Chiese April.

"Al solito", rispose Gwen. "Un sacco da fare al lavoro e poi a letto prima delle nove."

"Emozionante", disse April ridendo. "Sembra molto simile alla vita che faccio io, aggiungi solo più scartoffie."

"Non dimenticare i ragazzi", aggiunse Gwen.

"Certo, come posso dimenticare il rumore e i vari 'ehi, mamma, cosa c'è per cena'. Ma non cambierei nulla." April sospirò in quel modo felice ed esausto tipico delle mamme. "Come sta Lacey?"

Gwen la informò sugli ultimi giorni e poi disse: "Tocca a me chiedere. Come sta andando il caso?"

"Jay ha presentato dei campioni di tessuto al laboratorio forense statale per verificare la presenza di droghe. I test tossicologici richiedono tempo, quindi non si sa ancora nulla. Abbiamo recuperato frammenti di proiettile. Il laboratorio li sta analizzando e sta passando i dati in diversi database per cercare una corrispondenza. Anche su questo non si sa ancora nulla."

"State ancora considerando Lacey come possibile sospettato?" Chiese Gwen.

April fece una pausa poi rispose: "È ancora sul nostro radar, ma ho delle riserve."

"Anch'io", concordò Gwen. "Erano solo loro due, e sembra che si prendessero cura l'uno dell'altra, anche tenendo conto dell'occhio nero. Inoltre, avevano bisogno di entrambi gli stipendi per arrivare a fine mese. Dov'è il movente?"

"A me basterebbe l'occhio nero", scherzò April. "Ma hai ragione, sembra una reazione eccessiva e, naturalmente, non sappiamo tutta la storia."

"E da quello che ho avuto modo di vedere , è più

probabile che Lacey si chiuda in se stessa piuttosto che attaccare."

"Sono d'accordo", rispose April. "Ma mi sono dovuta ricredere altre volte."

Esaminata quella parte del caso senza alcuna conclusione, Gwen cambiò direzione. "Avete saputo cosa c'era dentro il sacchetto trovato nella tasca di Donald?"

"Metanfetamina", rispose April.

Gwen ci pensò un attimo. La metanfetamina era comune nella zona, e le voci di corridoio speculavano ancora sul fatto che Donald producesse droga nel granaio. Prima che potesse fare la domanda, April continuò. "La cosa strana è che la metanfetamina era molto blanda. Era stata tagliata, molto."

"Con cosa?"

"Latte artificiale in polvere", disse April con uno sbuffo.

"Latte artificiale in polvere? Bizzarro." Gwen non voleva esaminare troppo da vicino la dinamica familiare che prevedeva la preparazione di metanfetamina tenendo a portata di mano un barattolo di latte artificiale con cui diluirla.

"Non è così insolito", continuò April. "È uno dei diversi agenti che troviamo aggiunti alla metanfetamina, e non il più pericoloso. Ho visto di tutto, dal talco al fentanyl. Quello che è insolito è il rapporto. Così stemperata non darebbe un granché di euforia."

"Pensi che Donald l'abbia scoperto, abbia chiesto indietro i soldi e si sia fatto sparare?"

"Potrebbe essere uno scenario. Potrebbe anche essere che qualcuno volesse incastrarlo ma non volesse attingere troppo della sua scorta per farlo. Te lo dico io, Gwen, ci sono molte cose non hanno senso."

"Come mai?"

"Abbiamo fatto una perquisizione della sua proprietà, della casa e del fienile, ma non abbiamo trovato altre droghe o armamentario. E, nonostante le dicerie, non abbiamo trovato attrezzature o forniture per la produzione di droga. Poi c'è la telefonata anonima che denunciava il cadavere. Hai visto la casa, lontana dalla strada e circondata dal bosco. Ti sembra una zona in cui qualcuno potrebbe passare per caso?"

"No. Hai trovato chi ha telefonato?"

"Non ancora. Ha usato un telefono usa e getta, e non siamo stati in grado di rintracciare chi l'ha acquistato. E un'altra cosa, ma questa devi tenertela per te."

"Nessun problema, sai che non spiffero mai quello che mi dici in confidenza", la rassicurò Gwen.

"Beh, abbiamo trovato molto sangue vecchio nella stalla. In parte sembrava essere stato ripulito, ma ne abbiamo trovato anche di più recente, nascosto sotto del fieno sparso."

Gwen aveva tenuto il telefono tra la spalla e l'orecchio mentre si aggirava in cucina per preparare qualcosa da mangiare. Alla menzione del sangue, sprofondò su una sedia. Le si rigirò lo stomaco e pensò che avrebbe potuto vomitare. Che diavolo avevano fatto Lacey e Donny?

"Non era sangue umano", aggiunse April.

La nausea di Gwen si calmò un po'.

"Qualche specie animale. Stiamo ancora facendo dei test per capire quale."

"Fresco?" Chiese Gwen. Il Wyoming era un paese ricco di selvaggina. Non era insolito per la gente del posto pulire cervi, alci, antilocapre e altri animali nei loro garage o nei fienili. "Ora non è stagione di caccia. Potrebbe essere dello scorso autunno?"

"Difficile a dirsi. Potrebbe essere che abbiano preparato un cervo o qualcosa del genere alla fine della stagione. In un fienile non riscaldato, il sangue potrebbe congelare e sembrare ancora relativamente fresco la primavera successiva."

"Normalmente i cacciatori puliscono il sangue e il resto della roba quando hanno finito, non nascondono niente sotto il fieno. Altrimenti attirerebbe parassiti e chissà cos'altro", aggiunse Gwen.

"Sì."

Non c'erano risposte su chi avesse ucciso Donald, solo altre domande. Lei e April parlarono ancora un po' di argomenti più piacevoli e poi chiusero la chiamata.

Gwen portò la cena in soggiorno e mangiò mentre guardava la televisione. Chiamò Jay e parlarono per un po'. Dopo di che andò a letto, con gli occhi che riuscivano a malapena a rimanere aperti.

9

APPOSTAMENTO

IL GIOVEDÌ INIZIÒ COME LA MAGGIOR PARTE DELLE mattine: arrivò Lacey, arrivarono i clienti, e l'aria si riempì del profumo della pancetta appena cotta e del caffè appena fatto. Gli atteggiamenti nervosi di Lacey erano all'apice. Gwen avrebbe sospettato l'ADHD, il disturbo da deficit di attenzione/iperattività, se non fosse stato per l'assoluta immobilità di Lacey quando si concentrava da sola. Gwen aveva capito che l'agitazione era lo stato in cui Lacey esisteva normalmente, e il suo vero umore poteva essere calcolato da quanto si discostava dalla norma.

Quel giorno il suo livello di agitazione era alto: portava via i piatti sporchi prima che il cliente finisse di pagare alla cassa, si spostava da un piede all'altro mentre aspettava di prendere un ordine, riempiva le tazze di caffè in continuazione, trasaliva ogni volta che un veicolo sgommava nella ghiaia del parcheggio.

"Hai bisogno di una pausa, Lacey?" le chiese Gwen dopo averla vista spostarsi da un piede all'altro e sospettando che avesse bisogno di usare il bagno.

"No, grazie. Sto bene", le disse Lacey con un sorriso appena accennato.

Poco prima che cominciasse ad arrivare la folla del

pranzo, Gwen si accorse che una Lacey dal viso pallido stava guardando un giovane uomo appoggiato al parafango della sua auto. L'uomo non aveva nulla di strano. Indossava dei jeans blu e una camicia di flanella, che era l'abbigliamento standard nel Wyoming. Tirato in basso sulla fronte c'era un cappellino con il logo di un'azienda agricola locale. Sembrava rilassato, tranne che per il modo possessivo con cui era appoggiato alla macchina della ragazza.

Lacey si era posizionata in modo da poterlo osservare, ma rimanendo abbastanza lontana dalla finestra perché lui non potesse vederla a sua volta.

Gwen andò da lei e chiese: "Lo conosci?"

Lacey sussultò, poi iniziò a pulire il tavolo già immacolato.

"Lacey?"

Con movimento seccato del polso, Lacey lanciò il panno verso la caffettiera che occupava una buona parte dello spazio sul retro del bancone.

Si girò verso Gwen, incrociò le braccia sul petto e sussurrò: "È uno degli amici di Donny. Sono venuti ieri sera per prendere in prestito il furgone e il rimorchio."

"Li hai lasciati fare?" Chiese Gwen.

"Assolutamente no. Erano amici di Donny, non miei, e non mi fido di loro. Inoltre, la roba di Donny non è più mia da prestare di quanto non sia loro da prendere in prestito. E ora, eccone uno che cerca di intimidirmi per fargli usare il furgone. Sai cosa penso? Penso che se gli dessi le chiavi, non vedrei mai più né il furgone, né il rimorchio di Donny."

Cominciarono ad arrivare i clienti per il pranzo, arrivò la cameriera del turno successivo, e Gwen esaminò l'uomo che si era spostato per sedersi in un camion parcheggiato due posti più in là rispetto all'auto di Lacey. Mentre serviva i clienti, pensò anche al cosiddetto fratello che era andato in caserma per raccogliere i beni di Donny. Quando ebbe un minuto libero, si infilò nell'ufficio sul retro per fare una telefonata.

"Sceriffa Erickson", annunciò April quando rispose.

"Ehi, April, sono Gwen. Ricordi quando mi hai detto che il fratello di Donny era venuto in stazione a chiedere assistenza per raccogliere le sue cose?"

"Mi ricordo."

"Fuori dal ristorante c'è un tizio che gira intorno alla macchina di Lacey. Lei ha detto che è uno degli amici di Donald. Ieri sera hanno chiesto in prestito il furgone e rimorchio e lei ha paura che se li prendano e spariscano. Hai una descrizione di questo cosiddetto fratello?"

"Non ho parlato con lui. Dammi un minuto e chiedo in giro. Ti richiamo io."

La folla del pranzo arrivava, ordinava, mangiava, pagava e se ne andava.

Tra un tavolo e l'altro, Gwen stava in cucina e mangiava il polpettone, lo speciale del giorno.

Verso mezzogiorno, nel parcheggio entrò un altro pick-up e parcheggiò accanto all'uomo che era andato ad appoggiarsi contro il cofano dell'auto di Lacey. Parlarono per qualche minuto, poi l'uomo sul cofano scivolò sul sedile del passeggero del secondo pick-up e se ne andarono. Trenta minuti dopo erano tornati. Sembrava che stessero mangiando e bevendo qualcosa, con le porte del camion aperte all'aria primaverile. Passarono tutto il tempo a guardare la gente all'interno del ristorante.

Vedendo che gli uomini non avevano intenzione di andarsene, Gwen assegnò a Lacey i tavoli più lontani dalle finestre, mentre lei prendeva quelli più vicini.

Gwen avrebbe potuto chiedere a Mack di fare una chiacchierata con loro per via del fatto che stavano bighellonando nel parcheggio, ma Mack quel giorno non c'era. Alla griglia c'era Chuck, e anche se era robusto e volenteroso, era ben oltre i sessant'anni e Gwen non voleva metterlo in quella posizione."

Alla fine, April richiamò. "Ho parlato con la nostra centralinista di turno il giorno in cui è arrivato il fratello di Donny. Oggi è libera, ma sono andata a prenderla e abbiamo fatto un giro in macchina. I due uomini erano seduti nel camion e lei non ha potuto vedere bene. Il tempo di riaccompagnarla a casa, che deve portare uno dei figli a una visita medica, e poi torno. Non posso fare molto né cacciarli, se non danno fastidio a nessuno, ma posso fermarmi e chiedere se hanno problemi meccanici."

"Ho un'idea migliore", le disse Gwen. "Lacey e io stacchiamo tra qualche minuto. Di solito io rimango a fare i conti, ma penso che oggi sarebbe una giornata ottima per andare a pesca. La mia Jeep è parcheggiata sul retro. Lacey e io possiamo sgattaiolare fuori dalla porta posteriore e andarcene senza che se ne accorgano. Posso portarla a casa o, se vuole, può venire a pescare con me, per un po'. Dopo... non lo so. Vedrò cosa vuole fare."

"Buona idea. Mandami un messaggio qualche minuto prima di uscire e verrò a chiedere se hanno problemi con la macchina per darvi un po' di copertura. Sarà una buona occasione per cercare di imparare qualcosa su quei due."

Gwen spiegò il piano di fuga e Lacey sembrò sollevata. Quando Gwen menzionò la pesca, fu sorpresa di sentire che Lacey era entusiasta.

"Conosco un buon posto per pescare a mosca le trote del Wind River", le disse Gwen. "Ho dell'attrezzatura extra che puoi usare; non sono riuscita a far interessare mia figlia, e adesso è cresciuta."

"Una delle mie famiglie adottive amava campeggiare e pescare", spiegò la ragazza. "Mi è sempre piaciuto stare all'aperto. E mio padre adottivo mi ha insegnato a pulire il pesce", aggiunse e poi fece un sorriso a Gwen. Il sorriso era una rarità, e rafforzò la sua convinzione che i duri colpi della vita avevano dato alla ragazza una buona capacità di recupero.

Nonostante tutto quel tramare, il piano di fuga non fu necessario, dopo tutto. Quando April arrivò con la sua auto di pattuglia nel parcheggio, i due uomini se ne erano già andati.

"Merda", disse April quando arrivò. "La targa del loro veicolo era infangata la prima volta che sono passata, quindi non ho potuto vederla chiaramente dalla strada."

Gwen sentiva ancora il bisogno di essere prudente. Sorvegliò il parcheggio e poi uscirono dalla porta posteriore, camminando tra i cassonetti e il muro del ristorante fino alla Jeep di Gwen. Dentro l'auto, Lacey si accasciò in modo da avere la testa sotto il finestrino. Rimase così finché non si avvicinarono alla casa di Gwen.

Quarantacinque minuti dopo aver lasciato la casa di Gwen, erano nel suo posto preferito vicino a Wind River, a infilare mosche sulle lenze.

"È un bel posto", le disse Lacey mentre camminavano verso la riva.

Nel gruppo di salici accanto all'acqua era spuntato nuovo fogliame verde. Gwen respirò profondamente l'aria fresca che profumava di terra calda e di salvia.

"L'aveva trovato mio marito", le disse Gwen. "Difficile da raggiungere se non si sa dove si va." Lanciò la sua lenza a pelo d'acqua. Lacey fece lo stesso, camminando lungo la riva nella direzione opposta in modo che non si aggrovigliassero.

Per un po' riempirono l'aria solo il fruscio della lenza e il gorgoglio del ruscello che scorreva oltre.

"Ne ho presa una", arrivò un sussurro rauco, mentre l'asta di Lacey si piegava verso l'acqua.

Gwen prese la rete e andò ad aiutarla.

"Scommetto che sarà sui tre chili", disse Gwen mentre metteva la trota nella rete.

"La cena", disse Lacey sorridendo.

Gwen pensò a quanto sembrava diversa in quel momento. Felice, più giovane e più dolce.

Lacey pulì il pesce e lo mise nella borsa frigo che Gwen aveva portato con sé. Continuarono a pescare a mosca ancora per un po', ma nessuna delle due ebbe più fortuna. Quando Gwen guardò l'orologio, erano quasi le cinque e mezza. Con il crepuscolo era arrivato un po' di fresco; l'inverno aveva ancora un po' di presa sul meteo.

Quando trovò Lacey, Gwen vide che aveva già raccolto tutto e si stava dirigendo verso la Jeep. Gwen la seguì.

"Ho portato un thermos di tè caldo e dei panini", disse Gwen quando ebbero riposto la loro attrezzatura e furono salite sul veicolo.

"Il tè caldo sarebbe perfetto", disse Lacey, battendo i denti.

Gwen avviò la Jeep per farla riscaldare e Lacey versò il tè nelle tazze. Per un po' sedettero in un silenzio amichevole, mangiucchiando panini e guardando i salici ondeggiare nella brezza.

"Grazie, Gwen, per tutto questo", disse Lacey dopo un po', salutando il paesaggio fuori dai finestrini, "e per tutto il resto."

"Di nulla, Lacey."

"Voglio dire, beh, io e Donny non abbiamo avuto molta fortuna, per come siamo cresciuti. Almeno però potevamo fidarci l'uno dell'altra. Ora, io non..." Lacey bevve un sorso di tè; le sue mani avvolsero la tazza per assorbirne il calore.

Gwen lasciò che la frase incompleta di Lacey si disperdesse nell'aria. Quello che Lacey disse dopo la colse di sorpresa.

"Credo che Donny fosse coinvolto in qualcosa. Qualcosa per cui avrebbe potuto essere nei guai."

Gwen, con il panino a metà strada verso la bocca, si voltò a fissare Lacey.

"Droghe?" chiese lei.

"Non la droga, mai e poi mai", disse Lacey con enfasi.

La storia venne fuori come se il tempo passato a pescare, a rilassarsi e a stare all'aria aperta l'avesse liberata.

"Merda", disse Gwen, quando Lacey ebbe finito. Quello che le aveva raccontato Lacey aveva ribaltato tutto ciò che sapeva.

Il nervosismo di Lacey quando Donny era scomparso, l'uomo che sosteneva di essere suo fratello, il sangue nel fienile, l'occhio nero. Sapeva che cosa bisognava fare, ma Lacey - una persona che aveva imparato da bambina che non ci si poteva fidare degli adulti - sarebbe stata disposta ad andare avanti?

"Mia cognata..."

"La sceriffa Erickson", la interruppe Lacey.

"Sì, la sceriffa. Ha bisogno di sentire tutta la storia. Lo capisci, vero?" Chiese Gwen.

"Lo farò, per Donny."

Lacey cominciò a tremare di nuovo, così si avvolse con le sue stesse braccia sottili. Gwen alzò il riscaldamento al massimo. Fuori dalla Jeep, le ombre si fecero più profonde. Presto sarebbe stato buio. Gli uomini che davano la caccia di Lacey erano là fuori da qualche parte, e loro due erano molto lontane da qualsiasi aiuto, se ne avessero avuto bisogno. Gwen mise in moto la Jeep.

10

RIVELAZIONE

"Questo spiega molte cose", disse April, quando Gwen la chiamò al cellulare e la informò su ciò che le aveva detto Lacey. "Pensi che sia disposta a parlare con noi? Dove diavolo si trova, comunque?"

"Proprio qui accanto a me. Siamo nella mia Jeep. Eravamo a pescare nel posto preferito di Gabe. Ora stiamo tornando in città."

"Oh Signore, Gwen. Con quei tipi in giro? Passa il telefono a Lacey così posso parlarle."

Lacey iniziò a parlare e Gwen continuò a guidare. Ora che sapeva cosa stava succedendo, ogni fascio di fari in arrivo brillava minacciosamente, e le dava preoccupazioni in merito a chi avrebbe potuto nascondersi lì nel buio, fuori dal raggio di luce. Era stato divertente prima, sgattaiolare fuori dal ristorante senza che i due uomini che tenevano in ostaggio la macchina di Lacey le vedessero.

Non c'era da stupirsi che Lacey fosse un cumulo di nervi, sapendo quello che sapeva ora. Le luci di Dubois erano davanti a loro. Gwen voleva chiamare Jay, ma Lacey aveva ancora il suo telefono.

Lacey tolse il telefono dall'orecchio e chiese a Gwen.

"Lo sceriffo ha chiesto se sai dove vive Todd McPherson, il guardiacaccia."

"Dille di sì."

La conversazione tra Lacey e April proseguì per un altro minuto.

"Vuole che ci incontriamo a casa del ranger. Lo sta chiamando adesso."

Il fatto che non avrebbero dovuto attraversare tutta la città alleviò un po' la tensione di Gwen. Il bivio per raggiungere casa di Todd era all'ingresso della città, e si stavano avvicinando velocemente.

Qualche minuto dopo, Gwen mise la freccia e girò a sinistra su una strada asfaltata che presto diventò sterrata. Alla fine svoltarono nel vialetto di Todd.

Quando scesero dal veicolo, videro April che imboccava il lungo viale dietro di loro. Un buon tempismo. Poiché aveva raccontato la sua storia già due volte, Gwen temeva che Lacey avrebbe esitato a doverla ripetere ancora e ancora.

Fortunatamente le prime parole a uscire dalla bocca di Todd dopo averle invitate ad entrare furono: "Volete del caffè?"

Una volta che il gruppo si fu sistemato e il caffè fu versato, vennero raggiunti dal socio di Todd, Mark Paterson. Gwen si sedette accanto a Lacey sul divano per offrire sostegno, in caso di necessità, ma soprattutto per evitare che Lacey si precipitasse verso la porta. Era una possibilità reale, percepiva Lacey tremare accanto a lei.

"Stai facendo la cosa giusta sia per Donny che per te stessa", sussurrò Gwen a Lacey, posandole la mano sul ginocchio.

"Lo spero", rispose Lacey con un lieve sorriso.

"Grazie per esserti fatta avanti, Lacey", iniziò April. "Questi sono Todd McPherson e Mark Paterson. Sono

investigatori del Dipartimento di caccia e pesca. Di'
loro quello che hai detto a me."

Lacey fece un respiro profondo e Gwen sentì che si
stava preparando.

"Donny non ha avuto molto lavoro quest'inverno,
sapete, con il freddo, la neve e tutto il resto. Io ho
aiutato come ho potuto, ma avevamo molte difficoltà.
L'estate scorsa aveva lavorato per un paio di allevatori.
Mi disse che aveva stretto delle amicizie lì ,ricordo che
uno di loro si chiamava John. Non mi pare di aver mai
sentito il suo cognome. Ad ogni modo, a volte era
andato in giro con John e un altro amico, per alcuni
lavori. Donny non mi diceva molto di quello che
faceva, ma allora ero occupata a lavorare al ristorante."

Lacey lanciò uno sguardo triste intorno alla stanza.

Da tutte le parti le arrivarono cenni incoraggianti.

"A volte tornava a casa tardi, ma io dovevo alzarmi
presto, quindi quando rincasava dormivo già."

"Vai avanti", disse Todd, incoraggiante.

"Donny non voleva che io o chiunque altro
mettessimo piede nel fienile. Ecco perché lo teneva
chiuso a chiave. Appendeva la chiave al gancio della
porta sul retro. Un giorno ho bucato le gomme della
macchina. Donny non c'era, così ho preso la chiave e ho
aperto il fienile per cercare uno di quegli attrezzi per
smontare le ruote, sapete, quello a forma di croce."

Il gruppo annuì ma nessuno parlò. Gwen notò che
tutti si chinavano in avanti, assicurandosi di cogliere
ogni parola della sua storia.

"Quando ho aperto la porta e ho acceso la luce,
appeso a un gancio di una delle travi, ho scoperto un
grosso alce sventrato. Non era la prima volta che
vedevo selvaggina macellata, ma trovarla così
all'improvviso mi ha spaventata a morte."

"Quando è successo?" Chiese Todd.

"Era marzo, la fine di marzo."

"Fuori dal periodo di caccia legale", dichiarò il suo socio, Mark. "Hai detto che uno dei loro nomi è John?"

"Sì."

"Saresti in grado di descriverli?" Chiese Mark.

"Ho visto solo John, una volta. Nessuno dei due è mai entrato in casa. Aveva l'aspetto di un normale lavoratore da ranch: capelli castani, barba incolta come se non si fosse rasato per qualche giorno, più alto di me, ma quello lo sono quasi tutti. Niente di particolare nei vestiti, jeans come quelli che indossano quasi tutti.

"E il secondo ragazzo?" Chiese Mark.

"Quello non l'ho mai visto da vicino, non so nemmeno come si chiama. Come dicevo, di solito ero in casa o a letto quando passavano."

Todd si rivolse a Mark. "Chi erano i bracconieri che hai beccato nel Montana?"

"Jake Bryant e Robert McConnell. Erano loro a dirigere le operazioni. Non mi pare che ci fosse un John."

"Questi due potrebbero essere nuovi", suppose Todd.

"Potrebbero", aggiunse Mark.

"Vai avanti", disse Todd, rivolto a Lacey. "Hai chiesto al tuo ragazzo cosa stava facendo?"

Lacey usò entrambe le mani per scostare i capelli dal viso, poi tenne le dita strette contro le tempie. "Non subito. Sapevo che si sarebbe arrabbiato con me per essere entrata nel fienile, soprattutto perché si era fidato lasciando la chiave appesa a un gancio della porta sul retro."

Gwen si chiese se quella discussione avesse incluso i pugni di Donald. La cosa avrebbe spiegato l'occhio nero. Lacey si strofinò l'occhio sinistro come a confermare il sospetto di Gwen.

"E poi?" Chiese Todd.

"Una notte, mentre ero a letto, circa un mese fa, ho

sentito Donny che rientrava con il rimorchio. C'era un pick-up che lo seguiva. So che all'interno c'erano due persone perché ho visto la sagoma di due teste quando Donny ha avvicinato il rimorchio alla porta del fienile e i suoi fari hanno illuminato il furgone.

"Ho acceso la luce del portico posteriore e sono uscita per vedere cosa stava succedendo, ma Donny è arrivato di corsa fino a casa e mi ha detto di tornare dentro e preparargli un paio di cheeseburger, e così ho fatto."

"Non hai guardato fuori dalla finestra?" chiese l'altro ranger.

"No. Sono andata in bagno e a vestirmi. Poi ho cucinato gli hamburger per Donny e ho acceso la macchina del caffè. La cucina è sul lato opposto del fienile. Quando ho finito, non c'erano più. Ho chiesto a Donny cosa stesse succedendo", proseguì, "ma lui ha detto soltanto che c'erano un paio di ragazzi che avevano bisogno di lasciare della roba nel fienile per qualche giorno, e non importava cosa fosse. Non so che fine abbia fatto la chiave del fienile dopo quella volta."

Questo rispondeva alla domanda che si era posta Gwen quando era stato scoperto il corpo di Donny; perché Lacey non aveva guardato nel fienile quando Donny era scomparso.

"Posso usare il bagno, per favore?" chiese Lacey, rivolta a Todd.

"In fondo al corridoio, prima porta a destra." Todd indicò il corridoio buio.

Nell'attesa, Todd e Mark parlarono tranquillamente. April usò quel tempo per inviare messaggi dal suo telefono. Gwen avrebbe voluto essere a casa.

Quando Lacey tornò e si sedette, Mark le chiese: "Donald ha ricevuto del denaro per aver aiutato i due uomini? E per il deposito delle loro cose nel fienile?"

Lacey infilò le mani sotto le gambe mentre i suoi

occhi rimbalzavano per la stanza, guardando ovunque tranne che verso Mark. Gwen sperava che la ragazza non avesse mai giocato a poker. Non sapeva bluffare per niente.

"Come dicevo, mi ha detto di farmi gli affari miei. Penso che qualcosa l'abbia ottenuta perché improvvisamente avevamo abbastanza denaro per saldare l'affitto."

"È successo qualcosa prima della scomparsa del tuo ragazzo?" chiese April.

"Non proprio."

"Non proprio? Che cosa significa?" chiese April.

"Donny voleva che ci trasferissimo", rispose Lacy. "Io non volevo. Abbiamo litigato."

A quel punto Lacey lanciò uno sguardo a Gwen.

"Perché voleva che vi trasferiste?" chiese April.

"Non lo so. Ha detto che aveva bisogno di trovare un lavoro migliore, ma era molto nervoso. Sono andata al lavoro e quando sono tornata a casa il suo furgone non c'era più."

Per un po', nessuno disse niente. Gwen non era sicura che avessero scoperto qualcosa di utile.

"E il fienile è rimasto chiuso?" chiese Todd.

"Sì."

Todd si voltò verso April. "L'avete perquisito?"

"Abbiamo perquisito il piano terra, attorno al punto dove è stato trovato il corpo. All'interno c'era un pick-up registrato a nome di Donald Myers e abbiamo perquisito anche quello. Il primo mandato non copriva la casa o il rimorchio parcheggiato fuori. Il giorno successivo siamo tornati dal giudice per avere un mandato che li coprisse."

"C'era un soppalco per il fieno?" Chiese Todd.

April annuì. "Certo, ma si accedeva solo con una scala traballante. Anche l'illuminazione non era delle migliori, lassù. Uno dei miei agenti, Steve, è salito per dare un'occhiata, ma ha visto solo vecchie balle di fieno, di quelle rettangolari, non come quelle rotonde di adesso. Gli è sembrato che lassù non ci andasse nessuno da un po' di tempo, per cui è sceso giù dalla scala."

"C'è elettricità nel fienile?" Chiese Gwen.

Lacey annuì.

April aggiunse: "Abbiamo acceso una lampada fluorescente durante la ricerca, quindi la corrente elettrica c'era. Perché?"

Gwen stava pensando alle estati della sua infanzia quando andava a trovare gli zii in Nebraska. Avevano un grande fienile e i suoi cugini più grandi le avevano mostrato come far funzionare l'argano elettrico montato sul muro che veniva usato per trasportare il fieno e le provviste fino alla soffitta. Avevano fatto i turni per salire lì dentro. Erano andati su e giù, su e giù, uno faceva il suo giro e l'altro azionava i comandi per far funzionare il sollevatore.

La mente di April doveva aver seguito lo stesso ragionamento di quella di Gwen, perché disse a Todd: "Penso che dovremo fare un'altra ricerca nella proprietà."

"Sì", disse Todd.

"Gwen", disse April, "puoi andare a casa mentre aspettiamo il mandato di perquisizione."

Girandosi verso Lacey, April disse: "Lacey, posso..." Si fermò, accigliandosi. "Dannazione. Da un punto di vista legale non posso impedirti di andare a casa, Lacey, ma penso che sarebbe meglio se passassi la notte da qualche altra parte. Quei tizi che girano intorno alla tua macchina potrebbero essere solo degli spacconi, ma finché non sappiamo chi sono, meglio stare al sicuro. Hai qualcuno da cui puoi stare?"

Due paia di occhi, uno dell'azzurro di un cielo

estivo scandinavo e l'altro di un marrone profondo, si posarono su Gwen.

Gwen sospirò: "Va bene, va bene. Ho una stanza in più. Potresti anche stare da me stanotte."

Lacey sembrò sollevata.

April mosse le labbra per formare la parola "grazie."

"Ho un spazzolino da denti nuovo che puoi usare. L'ho preso dal dentista l'ultima volta che sono andata, ma non l'ho ancora aperto. Forse ho anche qualche vecchio pigiama da qualche parte. Ti serve qualcosa da casa tua?"

Lacey scosse la testa. "Posso indossare questi stessi vestiti al lavoro."

April disse: "Se Gwen può fare a meno di te per un po', domani vorrei portarti in stazione e mostrarti alcune foto, per vedere se puoi identificare questo John."

"Fate pure", disse Gwen ad April, dopo che Lacey ebbe fatto un cenno di assenso.

A programmi fatti, Gwen e Lacey seguirono il veicolo di April giù per il viale e fuori sulla strada. Sulla via di casa Gwen passò davanti al ristorante. L'auto di Lacey era ancora lì nel parcheggio buio. Entrambe passarono in rassegna la zona, ma Gwen non riuscì a vedere nessuno che gironzolava nelle vicinanze. Tuttavia, c'era solo un barlume di luna quella sera, e lei non aveva alcuna voglia di scoprire chi o cosa si nascondesse nell'ombra, per cui lasciarono l'auto nel parcheggio.

Una volta a casa, Gwen indicò a Lacey la camera degli ospiti e, in un silenzio esausto, mangiarono due porzioni dei noodle con manzo che Gwen aveva cucinato il giorno prima.

Quando ebbero finito, Lacy usò il bagno e Gwen mise il pesce pescato da Lacey nel congelatore. Poi Gwen spense le luci e andò nella sua camera da letto.

11

UN'OSPITE IN CASA

"È UN BENE CHE NON ABBIANO FATTO NIENTE ALLA SUA macchina ieri sera", disse April a Gwen, indicando l'auto di Lacey fuori dalla finestra del ristorante.

Quella mattina la sceriffa era arrivata al caffè poco prima delle dieci, e Lacey la seguiva come un gommone dietro un motoscafo.

"Niente di visibile, per lo meno", aggiunse guardando Lacey. "Farò venire qualcuno dalla nostra officina a controllare sotto il cofano, prima di fartela guidare, giusto per assicurarci che non abbiano montato un congegno esplosivo, o preso qualche pezzo per lasciarti a piedi. Resta qui per un paio di minuti, Lacey, mentre parlo con la tua capa."

Marilyn e una cameriera sostitutiva - Gwen aveva dato a Lacey il giorno libero, sapendo che la sceriffa ne avrebbe avuto bisogno - stavano già lavorando. Gwen disse a Marilyn che sarebbe tornata subito, e lei e April attraversarono il breve corridoio fino all'ufficio di Gwen.

"Cosa avete trovato?" chiese Gwen dopo aver chiuso la porta dell'ufficio per avere un po' di privacy.

"Due grandi congelatori, sul soppalco, dietro un muro di balle di fieno", cominciò. "Uno era pieno di carne divisa in pacchetti. Todd e Mark dicono che molto probabilmente si tratta di selvaggina, ma non potranno confermare se si tratta di alce, cervo o orso finché non faranno i test di laboratorio. L'altro aveva lo stesso tipo di pacchetti, ma conteneva anche una testa di cervo congelata con delle corna insolite."

April sbadigliò e si strofinò gli occhi arrossati. "È stata una notte lunga, dannazione. Ti ricordi quel vecchio allevatore che viveva su a nord verso Yellowstone? Quello che si arrabbiò quando un grosso cervo mulo dalle corna particolari su cui aveva messo gli occhi sparì dalla sua proprietà?"

"Mi ricordo", rispose Gwen. "Sosteneva che glielo avevano fregato i bracconieri. Se ricordo bene, trovò sangue e un mucchio di interiora appena oltre dalla strada, ma i bracconieri erano spariti."

"Quello", confermò April. "Scommetto un altro figlio che quello che abbiamo trovato ieri sera nel fienile di Myers è il cervo scomparso."

Le sopracciglia di Gwen saltarono fino alla fronte. "Un altro figlio? Devi dirmi qualcosa?"

"Che sono incinta? No. Tre sono sufficienti."

"Anche se fosse una figlia?" La prese in giro Gwen, ignorando la smentita di April.

"Ok, se potessi essere sicura che sarebbe femmina. Va be', sai dove voglio arrivare."

"Scommetto che Rod sarebbe molto felice della notizia", la stuzzicò Gwen.

April appallottolò un volantino e lo tirò contro sua cognata.

"Torniamo a quello che stavo dicendo", brontolò April mentre Gwen si abbassava per schivarlo. "Su una fila di balle di fieno c'erano più di una dozzina di coppie di corna ancora attaccate ai teschi. Due alci, quattro wapiti, una dozzina e più di cervi e crani di antilocapre."

"Le antilocapre con la guaina?" chiese Gwen.

Cervi e alci perdevano le loro corna in inverno, dopo la stagione della riproduzione, e poi le cambiavano ogni primavera. Per i bovini era diverso. Le loro corna rimanevano attaccate fino alla morte o fino a quando venivano tagliate.

Le antilocapre avevano corna uniche. I maschi, e in misura minore le femmine, avevano corna permanenti, a forma di lama, intorno alle quali cresceva una copertura di cheratina. La cheratina formava una punta rivolta in avanti, da cui il nome dell'antilope. Ogni anno, a partire da marzo circa, le corna a lama cominciavano a far crescere la loro guaina di cheratina. Le guaine venivano poi perse in autunno e in inverno dopo l'accoppiamento. Dato che la crescita e la caduta delle guaine erano prevedibili, potevano fare da guida per stabilire quando era stato preso l'animale, se durante la stagione di caccia consentita, ad agosto e settembre, o al di fuori di essa.

"Un po' e un po'", disse April.

"A quanto vanno le corna e le guaine di antilocapre, di questi tempi?" chiese Gwen.

"Possono andare da venti a un paio di migliaia di dollari, a seconda dell'estensione e delle punte. Naturalmente, se si include una testa impagliata e montata, il prezzo aumenta. Direi da uno a un paio di migliaia di dollari, sempre a seconda dell'estensione e delle punte. Quello nel congelatore, con le corna irregolari, sarebbe quello vendibile al prezzo più alto. Sempre che riescano a portarlo al tassidermista prima che venga danneggiato dal congelatore o dal disgelo", aggiunse.

"Eppure potrebbe essere tutto legale, se sono stati presi in stagione."

April fece una smorfia. "Possibile. Ma improbabile, in quella quantità."

Gwen non poteva che essere d'accordo.

"A proposito, avevi ragione sul montacarichi. Era nascosto sotto alcune cianfrusaglie, abbiamo seguito le rotaie e l'abbiamo trovato."

"Dunque, avete sequestrato tutto?" Chiese Gwen.

"No. Il giudice ha firmato il mandato di perquisizione ieri sera tardi, ma abbiamo rinviato la perquisizione alle quattro di questa mattina." April sbadigliò di nuovo, come a sottolineare l'ora precoce.

Gwen sperava che fosse riuscita a farsi qualche ora di sonno.

"Ho portato con me un paio di agenti in uniforme in un'auto senza contrassegni. È venuto anche Todd. Mark, l'altro investigatore, era appostato nel bosco vicino alla strada, insieme a un altro dei miei agenti. Dovevamo essere sicuri di non avere compagnia. Abbiamo fotografato e fatto l'inventario di quello che c'era. Todd ha raccolto alcuni pacchetti di carne da analizzare e poi ce ne siamo andati. Oh, sì, abbiamo portato con noi una tecnica della scientifica. Ha preso le impronte dai congelatori, ma ci vorrà qualche giorno per passarle in tutti i database dell'AFIS. Per ora non possiamo collegare l'omicidio di Myers agli amici non identificati che hanno portato i freezer, secondo la dichiarazione di Lacey. O con quei due pazzi che le hanno bloccato la macchina nel parcheggio ieri."

"Quindi, fino ad allora, Lacey dovrà stare lontana da casa sua", disse Gwen. "Per quanto tempo, secondo te? Voglio dire, qual è il piano?"

"Lo stiamo elaborando. Lacey potrebbe prendervi parte, gliene devo parlare. Ti dirò quando avrò bisogno di lei."

April fece per andarsene, ma prima di arrivare ad aprire la porta dell'ufficio, si voltò indietro. "Penso di conoscere la risposta, ma avete telecamere di sorveglianza qui fuori? Vorrei dare un'occhiata al tizio che ieri si aggirava intorno alla macchina di Lacey."

"No, mi dispiace."

"Maledizione. Per caso sei riuscita a dare una buona occhiata?" chiese April. "Abbastanza da identificarli?"

"Il secondo è rimasto nel camion. Aveva la visiera abbassata, quindi non avevo una visuale chiara. L'altro perdigiorno l'ho visto meglio perché ho fatto stare Lacey dietro e ho pensato io ai tavoli vicino alle finestre sul davanti."

"L'hai riconosciuto?"

"No, non l'avevo mai visto prima, ma se lo rivedessi lo riconoscerei."

Gwen diede una descrizione ad April, ma era difficile raccontare le sfumature che rendevano quest'uomo diverso da tutti gli altri giovani magri e trasandati che vivevano nella zona e che indossavano stivali, jeans e camicie dal taglio western e cappelli a tesa larga.

April le fece un sorriso malinconico. "Niente cicatrici, tatuaggi, niente di particolare?"

"Ricordo un paio di cose fuori dalla norma. Aveva i capelli scuri e lunghi, oltre il colletto della camicia. In fondo erano arruffati, come se ci fosse qualche ricciolo. E quando si è girato il sole l'ha illuminato bene e ho notato un luccichio vicino all'orecchio, come se avesse un orecchino." Inconsciamente, allungò la mano e si mise a toccare il proprio, di orecchino.

"A destra o a sinistra?"

Gwen rifletté per un secondo. "Destra."

———

Lacey rimase con Gwen per i due giorni successivi. Era un po' troppo, per Gwen, lavorare insieme durante il giorno e poi rientrare e passare la notte nella stessa casa.

Gwen, non più abituata alla presenza di un'altra anima viva in casa sua, alla fine fuggì nella solitudine della preparazione delle esche, con gli auricolari nelle orecchie e la musica preferita sull'iPod. Lacey era apparsa una volta sulla porta ma, cogliendo l'espressione seccata di Gwen, era fuggita.

"Ho fatto della zuppa", annunciò Lacey più tardi, quando Gwen la raggiunse in cucina strofinando gli occhi stanchi per il lavoro di precisione.

"Ha un profumo delizioso", le disse Gwen. Ed era vero.

"Grazie. Ho trovato delle polpette nel congelatore, e aglio, cipolle e brodo di manzo nella dispensa. Ci sono un po' degli spinaci nuovi che crescono nell'orto e ho aggiunto dell'orzo." Lacey mise la zuppa nelle ciotole e le posò sull'isola della cucina. "Non è niente di che, ma...."

"Più che sufficiente", concluse Gwen.

Lacey sollevò il cucchiaio e poi lo rimise giù. "Gwen? Non voglio starti tra i piedi. Domani tornerò a casa mia."

Era stato il sistema di affido ad aver fatto sì che i sensi di Lacey e degli altri bambini abbandonati fossero così sensibili al primo segno di rifiuto?

"Lacey, non sei d'intralcio. Davvero. È solo che... non so... dopo la morte di mio marito, la casa silenziosa mi rendeva molto triste. Poi un giorno mi sono resa conto che avevo imparato ad apprezzare la solitudine, anche se Gabe mi mancava ancora."

"Quanto tempo ci è voluto?" Chiese Lacey. "Perché ti abituassi a stare da sola, voglio dire."

"Forse un anno. Gabe è morto a metà estate. Ho passato un inverno duro e solitario, e poi un giorno mi sono resa conto che era arrivata una nuova primavera.

Potevo sentire l'odore della terra che prendeva vita, sentivo gli uccelli cantare."

Lacey annuì.

"Ora mangia la tua zuppa prima che si raffreddi."

"Sì, capo", disse Lacey, facendo a Gwen un finto saluto militare con il cucchiaio.

Finirono di mangiare e Gwen sciacquò le ciotole e le mise in lavastoviglie, mentre Lacey metteva via il resto della zuppa.

"Hai avuto notizie dalla sceriffa o da Todd e Mark?" chiese Gwen.

April l'aveva già informata, ma Gwen voleva sentire da Lacey quello che le avevano detto. Lacey non rispose subito, per cui Gwen si voltò e la trovò imbronciata.

"Ho spento il telefono", disse.

"Cosa? Perché?"

"Perché continuavo a ricevere chiamate da John, l'amico di Donny."

Gwen posò l'asciugamano che stava usando per pulire il bancone. "Non ne sapevo niente. Cosa vuole?"

"La loro roba. Ha detto che dovevano avere delle cose da Donny. Mi ha detto che se non gliele avessi date, me l'avrebbe fatto rimpiangere."

"Beh, merda", esclamò Gwen. "Chissà se il tipo che girava nel parcheggio del ristorante l'altro giorno era questo John. Non l'ho più visto da allora, quindi speravo che si fossero arresi e avessero lasciato la città."

Lacey scrollò le spalle.

Gwen aveva un'idea di cosa volessero quegli uomini, ma Lacey?

"Hai detto ad April che ti hanno chiamata?" Chiese Gwen.

"No, perché ho spento il telefono."

"Quindi non hai sentito né April né i ranger nelle ultime ore?"

Lacey mimò il gesto di tenere in mano un telefono e premere un pulsante. "Telefono spento."

Proprio in quel momento, il cellulare di Gwen vibrò nella sua tasca. Quando lo tirò fuori, lo schermo mostrò una chiamata di April.

"Ehi", rispose Gwen.

April rispose seccamente: "Ho cercato di contattare Lacey, ma non risponde. Ora la sua casella vocale è piena. È con te?"

"Proprio qui, nella mia cucina."

"Mettimi in vivavoce e passale il telefono."

Gwen lo fece e Lacey, avendo intuito dalla reazione di Gwen che la sceriffa era arrabbiata, prese il telefono come se qualcuno le avesse appena chiesto di tenere in mano un candelotto di dinamite acceso.

"Ti ho chiamata una dozzina di volte. Perché non mi hai richiamata?" esplose la dinamite in linea.

"Mi dispiace, è solo che, beh, stavo ricevendo chiamate dall'amico di Donny e non volevo parlare con lui."

"E perché diavolo non me l'hai detto?"

"Non volevo disturbare."

"Gesù Cristo Onnipotente. Suppongo che anche mia cognata, che sta lì accanto a te, non era preoccupata per nulla?."

"Per piacere, April, calmati", disse Gwen, riprendendo il telefono.

Seguì un minuto di silenzio. Gwen conosceva April abbastanza bene da sapere che aveva bisogno di tempo per placare la sua rabbia. Gwen sentì dei rumori in sottofondo che sembravano il brontolio dei ragazzi in un'altra stanza.

Con una voce più calma, April disse: "Toglimi dal vivavoce e passa il telefono a Lacey."

"Di' per favore", rispose Gwen.

"Dannazione. Va bene. Per favore, ripassami Lacey."

Gwen andò nel suo ufficio domestico mentre la sceriffa e Lacey continuavano a parlare. Di solito si occupava della contabilità e degli ordini del ristorante dopo il turno del mattino, o quando le giornate erano lente. Ultimamente non ne aveva avuto il tempo, per cui quel giorno aveva portato a casa una cartella di scartoffie. Dieci minuti dopo, Lacey batté sullo stipite della porta.

"La sceriffa vuole parlare con te", disse Lacey, passando il telefono a Gwen.

"Allora, ecco il piano", disse April, e poi passò a spiegare cosa dovevano fare quella sera.

12

PIANO D'AZIONE

ERANO LE NOVE PASSATE ED ERA BUIO QUANDO GWEN, con Lacey appollaiata accanto a lei sul sedile del passeggero, fece scivolare la sua Jeep fuori dal garage. Gwen era già stanca fino al midollo. Era stata una lunga giornata di lavoro a seguito di una notte breve, e ancora una volta era passato l'orario in cui solitamente andava a coricarsi.

Anche se c'era poco traffico sulle strade, Gwen controllava comunque le strade ai lati e lo specchietto retrovisore per assicurarsi che non fossero seguiti. Lacey rimase accasciata sul sedile del passeggero, con una felpa scura tirata sulla testa. Rimase così finché non arrivarono al riparo della zona recintata alle spalle dell'ufficio della sceriffa e parcheggiarono.

April e un altro agente, lo stesso che Gwen aveva visto sulla scena del crimine quando avevano scoperto il corpo di Donald, li condussero lungo il corridoio e nella sala conferenze. Todd e Mark erano già lì a bere caffè in tazze di polistirolo. Todd aveva davanti a sé un bloc-notes e stava scrivendo qualcosa quando Gwen e Lacey entrarono nella stanza.

"Allora, le cose stanno così", disse April quando furono tutti lì, a saluti completati, ognuno con la sua sedia e la sua tazza di caffè in mano. "Abbiamo già degli agenti sul posto nei boschi intorno a casa tua, Lacey. Continueranno a sorvegliare la zona, ma non si muoveranno finché non sarà necessario."

April controllò i suoi appunti e continuò: "Per prima cosa, abbiamo avuto un nuovo sviluppo. Lacey, devo farti uscire dalla stanza per un minuto."

Gwen si alzò per seguirla. "Puoi restare, Gwen", le disse lo sceriffo.

Quando Lacey ebbe chiuso la porta alle sue spalle, April spiegò: "Non ho alcun motivo per sospettare che Lacey sia coinvolta nell'omicidio di Myers, ma non sono ancora sicura di quanto sapesse delle attività del ragazzo, quindi questa è una cosa che terremo tra noi per ora, va bene?"

Il gruppo intorno al tavolo fece un cenno di assenso.

April si rivolse a Mark: "Vuoi aggiornarci tu, prima di andare avanti?."

"Certo", concordò Mark. "Durante la perquisizione, io e Todd abbiamo raccolto una dozzina di campioni dai congelatori, un po' per ogni specie."

Gwen alzò un sopracciglio. "Specie?"

"Per lo più antilocapre e cervi, qualche alce e wapiti. Qualcuno, i bracconieri o i macellai, avevano scritto sui pacchetti informazioni utili come il nome della specie, il taglio di carne e la data di lavorazione."

"Non ci abbiamo messo molto a catalogare e pesare tutto", aggiunse Todd.

"Comunque", continuò Mark, "ci siamo messi a indagare e su alcuni pacchetti abbiamo scoperto un piccolo segno triangolare a matita accanto alla data di lavorazione."

"Qualcosa che ha fatto il macellaio?", chiese un agente. "Corrisponde all'uccisione o a alla data di lavorazione?"

"È stato il nostro primo pensiero", rispose Mark.

"Ma l'unica cosa in comune era che i segni erano solo sulla carne macinata. Tipo quella degli hamburger."

"Sì, hamburger di alce e cervo", aggiunse Todd.

"Poi abbiamo notato che i pacchetti segnati con i triangoli erano di forma irregolare."

"Spiegazione?", ordinò April, prendendo appunti.

Todd disse: "Normalmente, quando la carne viene messa in un tritacarne, all'uscita ha la forma del macchinario. In una fabbrica di salsicce, ad esempio, la miscela esce a forma di tubo. Qui, la carne macinata è uscita a forma di pagnotta, tutta liscia e regolare. Le confezioni con i triangoli disegnati a mano non avevano quell'aspetto perfetto e uniforme."

"Per cui, abbiamo fatto passare un paio di pacchetti attraverso lo scanner", aggiunse Mark.

I due guardiacaccia scambiarono un sorrisetto furbo.

Stregatti, pensò Gwen.

"Quindi?", incalzò April, esortandoli anche con un gesto della mano. "Non abbiamo tutta la notte."

"Guastafeste", disse Todd, scherzosamente, ma senza malizia. "Mark, digli cosa abbiamo scoperto."

"In mezzo a quelli con i triangoli erano nascosti pacchetti di plastica e nastro adesivo."

"Droga?" chiese un agente.

"Droga e denaro", spiegò Mark. C'erano banconote di taglio alto, per lo più da cinquanta e da cento, avvolte in fasci e congelate dentro la carne. Abbiamo testato i pacchetti con la droga. Metanfetamina con un'alta percentuale di purezza. Quello che sto cercando di dire è che quello che abbiamo trovato probabilmente era il prodotto che arrivava direttamente dal produttore, prima di essere tagliato per la vendita in strada. Dopo l'inserimento della droga e dei mazzetti di denaro, la carne è stata appiattita sopra, ma non è stato un lavoro perfetto. La nostra ipotesi per adesso è che temevano un'incursione e hanno dovuto far uscire il prodotto e i soldi da dove li tenevano." Si appoggiò alla sedia con soddisfazione. La sedia scricchiolò come se fosse d'accordo.

"E sospettiamo che Myers li abbia aiutati a cacciare di frodo, non aveva precedenti penali e un bel fienile isolato nel bosco", ha aggiunto Todd.

"Con la corrente per tenere in funzione i congelatori", continuò Mark. "Questo finché la vittima, per qualche motivo, non ha scoperto cosa stavano facendo i suoi amici e voleva entrare nella partita. O forse ha minacciato di andare alla polizia se non gli avessero dato più soldi."

Uno dei vice emise un fischio basso. "Avete una stima del denaro totale?" chiese, rivolgendosi a Mark.

Mark disse: "Difficile dirlo. Abbiamo raccolto solo una piccola percentuale dei pacchetti. C'erano due congelatori nel soppalco, entrambi contenenti pacchetti di carne macinata, bistecche e scamoni. Quando la carne si è scongelata, abbiamo contato circa cinquemila dollari arrotolati dentro ogni pacchetto che abbiamo confiscato. Come dicevo, la droga era molto pura. Direi diverse dozzine di grammi infilati in ogni pacchetto."

Todd proseguì con la spiegazione. "Allora, sono stati catalogati più di duecento pacchetti, compresa la dozzina che abbiamo preso. Poiché abbiamo capito solo dopo il significato della marcatura triangolare, é difficile sapere quanti di quelli rimasti nei congelatori contengano droga e denaro."

Mark prese la parola. "Dei dodici pacchi che abbiamo confiscato, tre contenevano denaro e uno conteneva droga. Il che ammonta a un terzo. Usando questa stima approssimativa, allora potremmo dire che un terzo dei restanti centottanta pacchetti potrebbe avere un bonus nascosto all'interno."

Mentre il suo compagno parlava, Todd si stava adoperando con una calcolatrice. Quando Mark si voltò verso di lui, Todd disse al gruppo: "Un totale di sessanta pacchetti di carne con sorpresa, secondo i miei calcoli. Consideriamo una media di cinquemila dollari per pacco di denaro", batté di nuovo i numeri nella calcolatrice. "Naturalmente, il valore della metanfetamina, sulla strada, sarà potenzialmente più alto dopo il taglio e la distribuzione." Rifletté per un minuto e inserì altri numeri. "Difficile dirlo con esattezza, ma sarebbe nell'ordine di mezzo milione di dollari o poco meno."

"Alla faccia dei beni congelati", commentò uno degli agenti.

Intorno al tavolo si diffusero un po' di risate.

"Sì, abbastanza da fare arrivare il nostro supervisore distrettuale da Laramie per presenziare all'operazione", disse Todd.

"È anche un movente significativo per un omicidio", aggiunse un altro vice, tamburellando la matita sul tavolo. "Ma non vi sembra una cifra alta? Voglio dire, anche tenendo conto della droga?"

Lo stava pensando anche Gwen. Certo, c'era un giro di denaro nel bracconaggio e nelle droghe illegali, ma così tanto?

"Sì, sembra alta", aggiunse un altro agente.

Todd prese la parola: "Mark e io abbiamo notato un aumento qui nella valle, sia del bracconaggio che della produzione di metanfetamine. Questi ragazzi sono sempre in giro per i boschi, quando inseguono la selvaggina. Conoscono il terreno, chi lo possiede e la frequenza con cui viene controllato. È facile allestire un laboratorio per la droga in un vecchio edificio abbandonato. Un posto che non viene visitato spesso dal proprietario. Consideratelo come un'espansione del modello di business dei delinquenti: bracconaggio e metanfetamine."

Anche questo produsse un po' di risate. Gwen rifletté su ciò che aveva detto Todd. C'era della verità in quelle considerazioni. Avevano un senso perverso.

"Dobbiamo trovare queste persone", disse April al gruppo. "Gwen, potresti dire a Lacey di rientrare?"

Quando Lacey fu tornata a sedersi sulla sua sedia, April le spiegò come stavano le cose.

"I nostri agenti non sono stati in grado di identificare questo John amico del tuo Donny, o il suo amico. Potevano anche essere i due tipi seduti sulla tua auto nel parcheggio del ristorante. In ogni caso, abbiamo bisogno di fare una chiacchierata con loro. Hai detto che hanno cercato di contattarti. Quello che devi fare è chiamarli con il tuo cellulare e organizzare un incontro. Sei disposta a farlo?"

"Pensate che abbiano ucciso Donny?" chiese alla sceriffa, con un tremito nella voce.

"Non abbiamo ancora abbastanza prove e motivi validi per effettuare un arresto per l'omicidio, ma, come dicevo, dobbiamo fare una chiacchierata con loro." April poi spiegò a Lacey di cosa avevano bisogno. "Puoi aiutare o no, a te la scelta. Ho solo bisogno di sapere."

Gwen guardò Lacey vacillare. Immaginò che una parte di lei volesse vendicarsi dell'omicidio di Donald. *E l'altra parte? Aveva paura del suo coinvolgimento? O era paura per la sua sicurezza personale?*

Mentre tutti aspettavano, Lacey, a testa bassa, si mangiava le pellicine delle unghie. Dopo un minuto, si raddrizzò e guardò la sceriffa dritto negli occhi. "Ok, ci sto." Il suo sguardo vacillò. "Basta che non mi succeda nulla di male."

"Te lo posso assicurare", disse April e spinse il cellulare di Lacey verso la proprietaria.

Lacey premette il pulsante di accensione. Accanto a

lei, Gwen vide le notifiche dei messaggi vocali e di testo che scorrevano sullo schermo. Lacey gemette piano. Gwen le diede una pacca sul braccio.

April attaccò un cavo al telefono. Collegò l'altra estremità a una macchina che avrebbe registrato entrambi i lati della conversazione. Poi, lei e Todd misero degli auricolari attaccati al registratore per poter ascoltare.

"Trova uno dei messaggi vocali di quel John che hai detto che continua a chiamarti. Ascoltiamo il messaggio e poi lo richiami, va bene?"

Lacey annuì. Prese il telefono, scorse, toccò lo schermo, ascoltò un messaggio, bevve un sorso dalla bottiglia d'acqua che le avevano portato e premette "chiama."

Gwen, seduta accanto a Lacey, sentì uno, due, tre squilli finché qualcuno non rispose.

13

ESCA ALL'AMO

"Pronto? Sono Lacey. Ho visto che hai chiamato prima."

Pausa.

"Scusa, non trovavo il telefono e poi è morta la batteria ."

Pausa.

"Capisco. Non ho mai avuto la chiave. Ce l'aveva Donny al suo portachiavi, ma ora ce l'ho io."

Diede un'occhiata ad April.

April annuì.

"Non credo. I poliziotti hanno chiuso il fienile dopo aver portato via il corpo di Donny", ebbe un po' di difficoltà con la parola "corpo", ma a Gwen diede solo l'impressione di sembrare sincera. Sperava che anche la persona all'altro capo della conversazione la pensasse così.

"Non credo. La casa ha qualcosa di inquietante ora, quindi ne sono rimasta un po' lontana."

Pausa.

"Qualche amico qua e là."

Un momento di ascolto.

"Non importa quali." Gli occhi di Lacey si strinsero e la sua spina dorsale si raddrizzò. "No, e se vuoi la tua roba ti ho già detto che ti avrei dato la chiave. Non so cosa ci sia lì dentro e non mi interessa. Ho già dato il mio preavviso di trenta giorni, quindi sarò fuori di lì alla fine del mese, indipendentemente da tutto."

Ci fu una lunga pausa mentre l'altro parlava.

"No, non ho detto niente alla polizia. Sono degli idioti."

Nel dirlo, Lacey lanciò uno sguardo imbarazzato ad April. April le diede un pollice verso l'alto.

"Mi ci vorrà un po' per arrivarci, da dove sono."

Pausa.

"Come ho già detto, non voglio problemi. Prendi la tua roba e lasciami in pace."

Mentre ascoltava, Lacey guardò le altre persone sedute al tavolo. Aveva gli occhi lucidi e se li asciugò con la manica della camicia.

"Va bene, allora. Quarantacinque minuti." Lacey si raddrizzò sulla sedia. "E un'altra cosa: dirò all'amico da cui sto di chiamare la polizia se non torno a casa entro domattina."

Pausa.

"Anche a te, idiota", disse Lacey. Premette l'icona di fine chiamata e fece scivolare il telefono sul tavolo.

"Mi dispiace", disse Lacey guardando April. "Spero di non aver rovinato le cose, è solo che mi fa arrabbiare parecchio sentire quel tipo di minacce."

"Sei stata brava, Lacey", disse April, prima di rivolgersi agli agenti nella stanza. "Mettetele la cimice. Non abbiamo molto tempo. La sua auto è già qui in un garage, ed è stata installata una telecamera. È sistemata in modo da far stare un agente nel bagagliaio in modo che abbia accesso rapido al sedile posteriore, se necessario.

"Bryan" - fece cenno a un agente in uniforme - "avverti Jackson e McAlleroy. Sono già sulla scena. Andiamo gente, abbiamo solo trenta minuti."

Dopo di che tutti si mossero velocemente. Gli agenti portarono via Lacey per farle indossare la microspia. Gwen avrebbe voluto dare una mano, ma sembrava che la situazione fosse sotto controllo.

"Starai nel furgone di sorveglianza", le aveva detto April. "Resterà fermo lungo l'autostrada, e abbiamo un agente sotto copertura che farà finta di cambiare una gomma nel caso in cui arrivino da ovest. Abbiamo già installato delle telecamere nella proprietà, e ho bisogno che tu veda se chi arriva è lo stesso uomo che era fuori dal ristorante." Mentre stavano uscendo, April si girò e puntò un dito verso il naso di Gwen. "E tu, vedi di rimanere nel furgone, qualunque cosa accada. Neanche un esorcismo riuscirebbe a liberarmi dal fantasma di mio fratello se dovesse succederti qualcosa sotto la mia supervisione."

"Capito." A Gwen non dispiaceva affatto rimanere al sicuro nel furgone. Che se ne occupassero i professionisti, compresa la sceriffa April Erickson.

———

Gwen viaggiò nel retro del furgone. L'insegna magnetica sul portellone dichiarava che si trattava di una ditta di riparazioni domestiche. Un agente vestito con una maglietta a maniche lunghe e jeans, e con qualche giorno di barba sul viso, percorse l'autostrada fino a una trentina di metri dal bivio per la casa di Lacey.

Lacey era stata messa in una posizione vulnerabile e Gwen era preoccupata. Erano tante le cose che sarebbero potute andare male con tutti quei soldi in ballo. John pensava davvero che Lacey avrebbe tenuto la bocca chiusa una volta recuperato quello che volevano? Avrebbero sospettato che qualcuno aveva trafficato con i congelatori abilmente nascosti e la loro scorta di selvaggina, droga e denaro? Gwen aveva visto show televisivi in cui la spia usava ciocche di capelli o una striscia sottile di carta sulla porta della stanza di un motel per capire se qualcuno vi era entrato. Gli agenti potevano avere fatto scattare inconsapevolmente una trappola simile?

Gli agenti erano già in posizione sul soppalco e intorno al fienile, ma cosa succederebbe se avessero iniziato a volare proiettili e Lacey fosse rimasta intrappolata tra i giusti e i delinquenti? Pregò che la ragazza avesse abbastanza buon senso da appiattirsi a terra, se le cose fossero andate male.

"Fammi girare, nel caso dovessimo intervenire", disse l'autista rivolgendosi a Rebecca. La sua partner sotto copertura era seduta con Gwen nel retro del furgone. "Parcheggio dietro la curva che abbiamo appena superato e scendo fingendo di aver bucato. Vi farò sapere quando qualcuno si avvicina."

"Ricevuto, Nate", rispose Rebecca. Lei, come Gwen, era vestita in jeans e maglione.

Parcheggiarono, Nate scese e Rebecca chiuse le tende oscuranti che separavano la cabina dal retro del furgone. L'allestimento non era sofisticato come quello che Gwen aveva visto nei telefilm polizieschi, ma c'erano tre schermi di computer accesi su una delle pareti laterali. I monitor erano l'unica fonte di luce. Altre attrezzature erano appoggiate su una rastrelliera e Becca e Gwen sedevano su sgabelli dotati di ruote per facilitare gli spostamenti.

Becca accese la radio della polizia. "La squadra di sorveglianza è sul posto. Sto monitorando il fienile." Un braccio sporse da un mucchio di paglia. Il suo proprietario fischiò e salutò la telecamera. "E ricevo correttamente l'audio."

Rebecca si voltò verso il secondo monitor. Quello schermo era diviso. Un lato era illuminato di verde.

Gwen riconobbe gli oggetti come immagini di una telecamera per la visione notturna. L'altro lato conteneva forme appena accennate dalla stessa angolazione, ma senza il visore notturno.

"Anche la visuale all'entrata del fienile funziona", annunciò.

Rebecca accese il terzo monitor. Gwen vide il cruscotto di un'auto con il pannello degli strumenti illuminato. La telecamera doveva essere montata da qualche parte sullo specchietto o nell'abitacolo. Sul bordo dello schermo, vide una manica di felpa e una mano che stringeva il volante. *Lacey*. Gwen sentì dei suoni leggeri e ritmici e si rese conto che si trattava del respiro agitato della ragazza.

"Ho visuale e audio dalla nostra informatrice", disse Becca, riferendosi a Lacey nei termini di informatrice confidenziale.

"Bene", disse la voce di April. Sembrava senza fiato.

"Dov'è la sceriffa?" chiese Gwen a Rebecca.

"Si sta facendo strada nel bosco dal viale dei vicini."

"Ma è buio pesto", commentò Gwen.

"Ha gli occhiali per la visione notturna", le disse l'agente sotto copertura. "La capa sa come cavarsela."

"Sto girando per il vialetto", disse Lacey tremando. "Ma non vedo nessuno."

"Fermati dietro casa e gira la macchina in modo che i fari illuminino il fienile", disse qualcuno. "Poi rimani lì ad aspettare. Arriveranno, ne sono sicuro. Non devi fare altro che consegnare le chiavi e andartene. Rimani in macchina, capito?"

"Ok", sussurrò Lacey.

"Veicolo in avvicinamento", disse Nate dall'esterno del furgone. "Ci ha appena superato, ma sta rallentando. Spero non sia qualche buon samaritano che vuole aiutarmi a cambiare una gomma. Aspetta, no, stanno girando. Qualcuno li vede già?"

"Affermativo", rispose qualcuno. "Fari in arrivo lungo la corsia."

"Fate attenzione, tutti quanti", annunciò April.

Gwen guardò il monitor che mostrava la parte anteriore del fienile. Il lato della visione notturna esplose in una luce accecante. Becca cliccò sulla tastiera e l'altra parte dello schermo, quella con l'illuminazione naturale, riempì l'intero monitor. Entrò in scena un furgone con un rimorchio per il bestiame, fece un'inversione a U e scomparve dal raggio della telecamera. Riapparve dopo che l'autista ebbe fatto marcia indietro in modo che l'estremità del rimorchio fosse più vicina alla porta del fienile.

"Sono arrivati", sussurrò Lacey.

14

IL COLPO

"Fai attenzione, Lacey", disse qualcuno. "Ricorda, lascia che siano loro a venire da te per le chiavi."

Dopo pochi secondi, fuori dalla finestra di Lacey apparve una figura. Gwen non riusciva a vedere nulla al di sopra della vita. L'uomo le fece cenno di abbassare il finestrino. Il suo volto divenne visibile quando si chinò per parlare con lei. Gwen lo riconobbe come l'uomo fuori dal ristorante. Lo disse a Rebecca.

"Il nostro testimone oculare conferma che l'uomo accanto alla macchina di Lacey era una delle persone avvistate fuori dal suo ristorante", disse Rebecca agli altri agenti, parlando al walkie-talkie.

"Allora, dove cazzo sono le chiavi?" le chiese l'uomo tendendo la mano.

Si sentì un *clic*.

"Beh, diavolo, quello è Jake Bryant", disse una voce bassa.

"Chi?" chiese un'altra voce, appena sopra un sussurro.

"Jake Bryant, quel bracconiere del Montana che abbiamo implicato qualche mese fa, maledetto."

"Silenzio", disse April, il suo sussurro riconoscibile.

"Brava ragazza", disse John/Jake Bryant rivolgendosi a Lacey. "Ora scendi dalla macchina."

Lacey disse qualcosa di incomprensibile. Le avevano detto di rimanere dentro. Chiaramente, lei avrebbe voluto farlo. Ci fu un fruscio di movimento. Il suono di una chiave che girava nell'accensione.

Bene, pensò Gwen, *hai dato loro la chiave e ora puoi scappare...*

Prima che potesse concludere il pensiero, il finestrino aperto venne attraversato dal braccio di un uomo. Si udì il suono di un pugno ben assestato seguito da un urlo di Lacey.

Gwen sussultò. L'uomo aveva colpito Lacey. La videro distesa sulla console tra i sedili anteriori dell'auto.

"Lo ucciderò, quel bastardo", esclamò Rebecca.

"Non finché non avrò finito io con lui", ringhiò Gwen.

"Fermi tutti", sibilò April.

"Vieni fuori", ordinò l'uomo a Lacey, cercando di aprire la portiera della macchina. "E apri questo cazzo di fienile."

Rebecca parlò alla radio. "Gente, sospetto stia facendo scendere la nostra informatrice dalla macchina e le stia facendo aprire la porta del fienile. Testa bassa là dentro."

Un secondo uomo, quello che era rimasto al posto di guida nel furgone, scese, sollevò un carrello dalla parte posteriore e raggiunse Lacey e Jake. Lacey incespicò verso la porta barcollando e strofinandosi una guancia. Inserì la chiave nel lucchetto e, con l'aiuto del secondo uomo, fece scivolare la grande porta sul lato. Jake la spinse dentro mentre il secondo uomo accendeva le luci.

Rebecca cliccò sul mouse del computer e l'inquadratura cambiò in modo da rivelare l'interno del fienile, da prospettive diverse, su due monitor. La nuova visuale grandangolare proveniva da una telecamera montata in alto.

Il primo uomo indicò uno sgabello basso a tre gambe, come quelli che venivano usati una volta per mungere le mucche, e disse a Lacey qualcosa che Gwen non riuscì a sentire. Lacey fece un paio di passi verso lo sgabello e si sedette. Lui estrasse delle cerniere dalla tasca della giacca e le legò i polsi dietro la schiena. Poi prese una corda, avvolse due volte la parte centrale attorno al collo della ragazza e fece dei nodi scorsoi su ogni lato. Legò una delle estremità intorno alla trave che faceva parte di una vecchia stalla per cavalli e la tirò in modo che fosse tesa. Poi fece lo stesso con l'altra estremità, legandola in basso a un palo sul lato opposto. Lasciò Lacey al centro, con le mani legate e intrappolata come una mosca nella tela di un ragno.

"Vedi di fare la brava ragazza e ti lasceremo andare quando avremo finito", le disse, cercando di suonare rassicurante. Secondo le orecchie di Gwen, aveva fallito. Anche Lacey doveva pensarla allo stesso modo; la sua testa e le sue spalle sprofondarono.

"Sceriffa", disse Rebecca alla radio. "Hanno appena legato la ragazza nel fienile. Aspettiamo o entriamo?"

Gwen si chinò verso il monitor per guardare Lacey e strofinò i palmi sudati sui jeans.

"Merda", rispose April. "Markel, tu riesci a vederli?"

Un clic. Solo un clic.

"Quello è l'agente sul soppalco", spiegò Rebecca. "È il nostro miglior tiratore scelto."

"Se vedi che sta per fare del male alla ragazza, tu spari. Capito?" disse la sceriffa, in un sibilo.

Un altro *clic*.

Mentre Jake legava Lacey, il secondo uomo era andato verso il montacarichi del soppalco per ripulirlo e rimuovere il telone che lo nascondeva.

L'ascensore aveva un meccanismo semplice, composto da un'ampia base metallica e una parte posteriore. L'uomo fece girare un interruttore a muro e si sentì un leggero ronzio. Salì sull'ascensore e prese un controller attaccato a una rotaia. Usando i comandi, guidò l'ascensore verso l'alto lungo le due rotaie parallele che andavano dal pavimento al soffitto.

Un tocco leggero alla porta posteriore del furgone fece sobbalzare Gwen.

"Probabilmente è la sceriffa", disse Rebecca. "Falla entrare, per favore."

Abbassandosi e annaspando nel buio, Gwen andò verso il retro per aprire lo sportello. April entrò. Chinandosi, si avvicinò ai monitor e prese il posto che Gwen aveva appena liberato.

"Abbiamo Johnson alla finestra. Wade è uscito dal bagagliaio dell'auto e si èposizionato fuori dalla porta per sicurezza", disse April a Rebecca.

L'agente cliccò un pulsante sul secondo monitor e Gwen poté vedere il profilo dell'agente Wade che si stagliava, illuminato di rosso, appena fuori dalla porta semiaperta del fienile.

"Vieni qui e aiutami, cazzo", gridò l'uomo sul soppalco rivolgendosi a Jake.

"Datti una calmata e manda giù quel cazzo di ascensore" fu la risposta.

Fece un ultimo controllo ai nodi di Lacey. Poi si avvicinò, afferrò la testa di Lacey e se la tirò verso l'inguine. Lacey scosse la testa e cercò di allontanarsi, ma lui afferrò una manciata di capelli, le bloccò la testa e spinse i fianchi.

Nel furgone, Gwen emise un gemito, Rebecca afferrò il controller del monitor e April ringhiò: "Gli sparerò, a quel figlio di puttana."

"Anch'io", dissero Rebecca e Gwen all'unisono, incapaci di distogliere lo sguardo dallo schermo.

"Dannazione, Jake", imprecò l'uomo dal soppalco.

"Più tardi", sibilò l'uomo all'orecchio di Lacey. Il microfono raccolse la sua minaccia e il singhiozzo della ragazza.

Gwen tornò a respirare solo quando l'uomo si allontanò da Lacey. Era preoccupata per lei, ma aveva anche temuto che Jake scoprisse il microfono.

"Sceriffa?" chiamò una voce alla radio.

Prima che April potesse rispondere, o magari decidere di annullare il piano per salvare la loro informatrice, Lacey sussurrò, con una voce così bassa che riuscirono a malapena a sentirla: "Sto bene, sto bene."

April fece un respiro profondo e digitò qualcosa sulla sua radio. "Aspettate che si allontanino da lei e che si capisca senza ombra di dubbio che sono interessati ai congelatori. Allora li prenderemo."

Le tre donne nel furgone videro scendere l'ascensore, Jake salì e raggiunse il soppalco.

Rebecca ruotò la sedia verso il terzo monitor e toccò un tasto. La visuale si spostò sulla telecamera montata lassù. Il secondo uomo spinse il carrello al di sotto di un freezer mentre Jake teneva l'altra estremità perché non cadesse.

Lacey cercò di sbrogliarsi freneticamente. Prima si sollevò a metà dallo sgabello e fece scivolare le mani legate dietro la schiena e lungo le cosce sottili.

"No, aspetta", sussurrò Gwen, anche se Lacey non poteva sentirla. *Perché non sta ferma? Se scivolasse finirebbe per strangolarsi.*

"Che diavolo?" ringhiò April. Afferrò il walkie-talkie, con il pollice in bilico sul pulsante di conversazione. I suoi occhi si spostarono tra i monitor, una telecamera nel soppalco e l'altra concentrata su Lacey.

Nella soffitta, il congelatore era stato posizionato

sul carrello; Jake aveva avvolto una fascia intorno a entrambi per fissarlo bene.

Le tre donne nel furgone osservarono immobili lo svolgersi dell'azione. Gwen si mise le mani sulla bocca. Rebecca si sporse in avanti. April, con il dito ancora sul pulsante della conversazione e gli occhi fissi sui monitor, iniziò ad avvicinarsi alla porta posteriore del furgone. Nessuno disse una parola. L'unico suono era il respiro affannoso di Lacey.

Saltellando un po' per non inciampare, Lacy riuscì a far passare un piede attraverso il cerchio formato dalle sue braccia. Ora era a cavalcioni tra i polsi legati, una gamba davanti e l'altra dietro. Così chinata, con la corda stretta contro entrambi i lati del collo, cercò di far passare l'altro piede. Barcollava, e la corda si stringeva e si allentava mentre si muoveva prima a sinistra, poi a destra. Rimise giù il piede e riacquistò l'equilibrio.

Lacey sollevò di nuovo il piede, pronta a farlo passare attraverso il cerchio formato delle sue braccia. Barcollò e il suo tallone finì per incastrarsi. Rimase in piedi, goffamente, su una sola gamba. Saltellò per mantenere l'equilibrio, ma alla fine ci rinunciò e cercò di tornare a sedersi sullo sgabello.

Gwen sussultò.

"Merda", mormorò Rebecca.

Lacey era riuscita a poggiare un fianco sul bordo dello sgabello a tre gambe, ma quest'ultimo si ribaltò e scivolò sotto di lei. La corda si strinse e Lacey si ritrovò a penzolare soffocando mentre il suo sedere atterrava sul pavimento. La sua testa e la parte superiore del torso rimanevano sollevate e tese.

Gwen sentì una serie di suoni strozzati mentre Lacey continuava a cercare di mettersi in piedi e di far passare l'altro piede attraverso le braccia. A parte quelli, Lacey non aveva emesso alcun suono.

"Cazzo!" gridò April. Premette il pulsante del microfono. "Wade, vai. Lacey rischia di strangolarsi se non la tiriamo fuori da lì. Johnson, copri Wade. Markel, muoviti."

Lo sguardo di Gwen si spostò dai tentativi di Lacey all'altro monitor. Da un'esplosione di fieno emerse Markel con il fucile puntato sui due uomini che stavano iniziando a spingere il primo congelatore verso l'ascensore.

"Mani in alto", gridò Markel.

"Ma che..." ringhiò Jake, infilandosi dietro al congelatore. Lo spinse verso Markel e si precipitò verso l'ascensore.

Gwen spostò l'attenzione sul primo monitor. Lacey era riuscita a far passare il secondo piede e stava cercando di stare in piedi. Le mani ancora legate tiravano freneticamente il cappio sempre più stretto intorno al collo.

Gwen trasalì quando Johnson e Wade caricarono verso la porta. Johnson puntò il suo fucile su Jake, che stava armeggiando con il controller dell'ascensore.

"Alto là."

Jake ebbe la prontezza di lasciar cadere il controller e mise le mani in alto.

Sul monitor, Gwen vide April correre verso il fienile.

Wade si precipitò ad aiutare Lacey, che ormai aveva la faccia rossa. Con un'unica mossa la sollevò per allentare la pressione e tirò fuori dalla tasca un coltello pieghevole. Rapidamente, segò la corda finché non si liberò un lato. La pressione intorno al collo di Lacey diminuì. Lei ansimò per respirare.

Sul monitor del soppalco, Gwen vide che Markel aveva già il secondo uomo a terra e gli stava ammanettando i polsi.

Gwen tornò finalmente a respirare, respirare sul serio.

Accanto a lei, Rebecca disse: "Beh, non è andata esattamente secondo i piani, ma almeno Lacey è salva ora, questa è la cosa importante."

"Esattamente", disse Gwen con un gemito.

15

L'INDOMANI

"Grazie a Dio è finita, April", disse Gwen alla cognata, una volta che ebbero messo in sicurezza la scena.

Jake Bryant e il secondo bracconiere, identificato dal ranger Paterson come Robert McConnell, erano entrambi in manette e diretti verso la prigione della contea.

April e Gwen rimasero in attesa nel cortile, guardando i tecnici della scientifica nel fienile. L'ambulanza che avevano chiamato per Lacey era parcheggiata lì vicino.

"Mi dispiace un sacco che la nostra informatrice sia rimasta ferita, ma i medici hanno detto che starà bene, solo lividi e shock", disse April. "La buona notizia è che abbiamo arrestato un paio di bracconieri, incastrato un distributore di droga, e scommetto che quando i miei detective avranno finito di parlare con Bryant e McConnell, avremo risolto un omicidio e messo in piedi un'accusa per rapimento e aggressione nei loro confronti. Non male per una notte di lavoro, credo."

"Non è affatto male", concordò Gwen.

Proprio allora le porte posteriori dell'ambulanza si

aprirono. Uno dei medici mise fuori la testa e chiese loro: "Gwen Lindstrom?"

"Sono io", rispose Gwen, alzando la mano.

"La paziente vorrebbe che si unisse a noi", disse, indicando l'interno dove Lacey giaceva su una barella.

"Va' pure", le disse April. Al medico chiese: "Le dispiacerebbe portarle entrambe in ospedale? Ci sarà da fare per un po', qui, e la nostra testimone avrà bisogno di un passaggio" fece un cenno con la mano verso Gwen.

"Nessun problema, sceriffa", rispose l'altro, e fece cenno a Gwen di salire dentro.

Lacey aveva un aspetto orribile. Aveva il collo rosso, gonfio e pieno di graffi dove era stata legata la corda. Le punte viola del suo groviglio di capelli scuri erano particolarmente vistose alla luce del vano dell'ambulanza. I medici l'avevano avvolta in una coperta, ma i suoi occhi erano spalancati, rossi e ammaccati.

Gwen si sedette sulla panca integrata e prese una delle mani di Lacey nelle sue. Vide che le unghie erano rotte e sporche dove Lacey si era aggrappata alla corda.

"Hanno detto che andrà tutto bene", disse, con voce roca. "Ci vorrà solo un po' di tempo perché mi torni la voce e si riduca il gonfiore."

Gwen temeva di scoppiare a piangere se solo avesse aperto bocca, e la cosa non avrebbe fatto bene a nessuna delle due. Per cui annuì e le strinse delicatamente la mano.

Lacey sorrise e gracchiò: "Potrei aver bisogno di un paio di giorni di riposo, solo fino a quando la mia voce non tornerà normale."

Il sorriso e la preoccupazione di Lacey per il suo lavoro di cameriera le fecero scendere le lacrime. Uno degli infermieri diede a Gwen un fazzoletto e lei si asciugò gli occhi.

"Prenditi tutto il tempo che ti serve", le disse Gwen. "Il lavoro sarà lì ad aspettarti quando sarai pronta a tornare."

Uno degli infermieri uscì dalla porta posteriore. Gwen sentì la porta del conducente aprirsi e richiudersi. Venne acceso il motore, le luci rosse e blu iniziarono a lampeggiare, e furono sulla strada per l'ospedale.

EPILOGO

Il caso contro Jake Bryant e Robert McConnell per l'uccisione di Donald Myers, l'aggressione e il rapimento di Lacey, e i reati di produzione di droga e bracconaggio avrebbe richiesto un po' di tempo per essere portato avanti dal sistema giudiziario. Nel frattempo, per Gwen c'erano clienti affamati da servire e un'attività da gestire, al Ranchers' Café. I clienti spettegolavano sugli eventi della casa nascosta tra gli alberi. Domandavano a Gwen di Lacey e del suo coinvolgimento, ma lei evitò di commentare, dicendo che l'inchiesta era ancora aperta.

Lacey tornò al lavoro dopo una settimana di malattia. Alla fine della giornata, la sua voce era tornata rauca, ma lei non era più la ragazza timida che Gwen aveva assunto. Ora camminava con sicurezza e i suoi modi di fare erano molto meno agitati. Di tanto in tanto, Gwen la vedeva persino sorridere e ridere con qualche cliente.

Aveva anche perso quel suo aspetto smunto e aveva preso un po' di peso. Secondo Gwen il merito era tutto di Mack. Aveva instaurato con la ragazza un rapporto d'amicizia dopo che lei era tornata al lavoro. Lacey era rimasta da Gwen ancora per un po', poi Mack e la moglie le avevano offerto di affittarle il monolocale sopra il loro garage, e Lacey aveva accettato subito. L'appartamento aveva un bonus: Mack la invitava sempre a cenare con la sua famiglia. In cambio, all'occasione Lacey faceva da babysitter ai due nipoti di Mack. Era un accordo che andava bene a tutte le parti coinvolte.

La cosa migliore arrivò quando i ranger, Todd e Mark, sorpresero Lacey presentandole un assegno di cinquemila dollari come ricompensa per le informazioni che avevano portato alla cattura dei bracconieri.

Gwen riprese possesso della sua casa e della pace e tranquillità che aveva iniziato ad apprezzare.

Se quel giorno fosse riuscita a liberarsi presto, avrebbe trascorso il pomeriggio a far volare una delle sue nuove mosche sulla superficie del Wind River.

FINE

Caro lettore,

Speriamo che leggere *Bracconieri* ti sia piaciuto. Per favore, prenditi un attimo per lasciare una recensione, anche breve. La tua opinione è molto importante.

Saluti

Connie L. Beckett e il team Next Chapter

L'AUTRICE

Connie vive e scrive nel nordest del Kansas, ma troverà sempre una buon pretesto di ricerca per attraversare il paese in compagnia del suo cane e del suo laptop.

Bracconieri
ISBN: 978-4-82415-421-7
Tascabile in edizione economica

Pubblicato da
Next Chapter
2-5-6 SANNO
SANNO BRIDGE
143-0023 Ota-Ku, Tokyo
+818035793528

18 ottobre 2022

9 784824 154217